오즈의 마법사

클래식 보물창고 9
오즈의 마법사

펴낸날 초판 1쇄 2012년 9월 25일
지은이 L. 프랭크 바움 | **그린이** W.W. 덴슬로우 | **옮긴이** 최지현
펴낸이 신형건 | **펴낸곳** (주)푸른책들 | **등록** 제321-2008-00155호
주소 서울특별시 서초구 양재천로7길 16 푸르니빌딩(양재동 115-6) (우)137-891
전화 02-581-0334~5 | **팩스** 02-582-0648
이메일 prooni@prooni.com | **홈페이지** www.prooni.com

ISBN 978-89-6170-294-2 04840
＊잘못된 책은 구입한 곳에서 바꾸어 드립니다.

이 도서의 국립중앙도서관 출판시도서목록(CIP)은 e-CIP홈페이지(http://www.nl.go.kr/ecip)와
국가자료공동목록시스템(http://www.nl.go.kr/kolisnet)에서 이용하실 수 있습니다.
(CIP제어번호:CIP2012003748)

보물창고는 (주)푸른책들의 유아, 어린이, 청소년, 문학 도서 임프린트입니다.

The Wonderful Wizard of OZ

오즈의 마법사

L. 프랭크 바움 글 | W.W. 덴슬로우 그림 | 최지현 옮김

보물창고

차례

머 리 말

민담, 전설, 신화, 동화는 오랜 세월 동안 아이들과 함께해 왔다. 건강한 어린이들이라면 누구나 환상적이고 신기하며 비현실적인 이야기에 건전하고 본능적인 사랑을 가지고 있기 때문이다. 그림 동화와 안데르센 동화는 인간이 만들어 낸 그 어떤 창조물보다도 어린이들의 마음에 큰 행복을 가져다주었다.

하지만 옛날의 동화는 오랜 세월을 거치는 동안 어린이 책장에서 그저 '옛이야기'로만 분류되고 있는 것 같다. 그리고 새로운 형식의 '놀라운 이야기' 시리즈가 등장했다. 그 속에는 전형적인 요정과 난쟁이들은 사라지고 무시무시한 교훈을 강조하고자 하는 작가들의 무섭고 등골 오싹한 내용들만 가득하다.

현대의 교육은 도덕성을 강조하고 있다. 그러다 보니 현대의 어린이들은 이야기 속에서 오로지 즐거움만 추구하게 되었고 재미없는 이야기는 읽기 싫어하는 경향이 생겼다.

그래서 오늘날 어린이들에게 오롯이 즐거움만을 선사하겠다는 생각으로 이『오즈의 마법사』를 쓰게 되었다. 고민과 악몽은 사라지고 놀라움과 즐거움만이 가득한 현대식 동화가 되기를 열망해 본다.

1900년 4월 시카고에서
L. 프랭크 바움

도로시는 캔자스의 광활한 평원 한가운데에서 농부인 헨리 삼촌과 그의 아내 엠 숙모와 함께 살고 있었다. 그들이 살고 있는 집은 무척 작았다. 왜냐하면 집을 지을 때 쓸 재목들을 수십 킬로미터나 떨어진 곳에서 마차로 옮겨 와야 했기 때문이었다. 집은 네 벽면과 지붕과 바닥으로 된 방 하나로 이루어져 있었고, 방에는 녹이 슨 요리용 화로 하나와 접시를 얹어 두는 찬장 하나, 식탁 하나, 의자 서너 개 그리고 침대가 있었다. 헨리 삼촌과 엠 숙모는 방 한쪽에 놓인 큰 침대를, 도로시는 다른 쪽에 놓인 작은 침대를 썼다. 다락방도 지하실도 없었지만, 그 어떤 집이라도 휩쓸고 지나갈 수 있을 만큼 강력한 회오리바람이 불 경우 온 가족이

숨을 수 있도록 땅에는 '회오리바람 대피호'라고 하는 작은 구덩이를 파 두었다. 바닥 한가운데에 있는 뚜껑문을 열면 구덩이가 시작되는데 사다리를 타고 내려가면 작고 어두운 굴로 연결되었다.

도로시가 현관에 서서 둘러보면 사방에는 광활한 잿빛 평원밖에 보이지 않았다. 어느 쪽을 보아도 하늘 끝까지 뻗어 있는 드넓은 땅에는 나무 한 그루, 집 한 채 없었다. 쟁기질해 놓은 땅은 뜨거운 햇볕 때문에 여기저기 온통 갈라진 잿빛 흙덩어리가 되어 있었다. 풀잎조차 푸르지 않았다. 긴 이파리의 끝이 햇볕에 바싹 타 버려 주변처럼 잿빛으로 변했기 때문이다. 집은 한때 페인트칠을 했지만, 햇볕 때문에 기포가 생겼다가 비로 씻겨 나가는 일을 반복하는 동안 주변의 다른 것들처럼 우중충한 잿빛으로 변해 있었다.

엠 숙모가 처음 이곳에 살러 왔을 때는 젊고 아름다운 여인이었다. 하지만 햇볕과 바람은 숙모의 모습도 바꾸어 놓았다. 두 눈의 초롱초롱한 빛을 빼앗아 잿빛만 남겨 둔 것이다. 햇볕과 바람이 붉은 빛을 거두어 간 두 뺨과 입술 역시 잿빛이 되었다. 이제 숙모는 몹시 수척했으며 전혀 웃지 않았다. 고아가 된 도로시가 처음 이곳에 왔을 때 엠 숙모는 도로시의 웃음소리에 너무 놀라 소리를 질렀다. 그리고 도로시의 명랑한 목소리가 들릴 때마다 손으로 가슴을 누르며, 어떻게 웃을 거리를 찾을 수 있는지 놀랍다는 듯 조그만 소녀를 바라보았다.

The Classic Treasury

클래식 보물창고에는

오랜 세월의 침식을 견뎌 낸
위대한 세계 문학 고전들이 총망라되어 있습니다.
세대와 시대를 초월하여 평생을 동반할 '내 인생의 책'을
〈클래식 보물창고〉에서 만나 보세요.

보물창고

7. 거울 나라의 앨리스

루이스 캐럴 | 황윤영 옮김

앨리스의 끝나지 않은 모험,
이번에는 '거울 나라'다!

루이스 캐럴이 『이상한 나라의 앨리스』 이후 6년 만에 선보인 후속작으로 전작에 비해 한층 탄탄해진 구성과 논리적인 비유를 통해 보다 깊고 넓어진 재미와 감동을 선사한다. 거울 세계의 거꾸로 된 세계관은 현실 속의 정상과 비정상, 논리와 비논리, 의미와 무의미의 경계가 얼마나 허물어지기 쉬운지를 잘 보여 준다.

• 루이스 캐럴은 거울을 경계로 정상과 비정상이 역전되면서 논리와 비논리, 의미와 무의미의 경계가 얼마나 허물어지기 쉬운지 잘 보여 준다. 그리고 논리적 모순을 통해 즐거운 농담의 진수를 선보인다. – '역자 해설' 중에서

---

8. 변신

프란츠 카프카 | 이옥용 옮김

서울대 권장도서 100선에 선정된
프란츠 카프카의 대표작

괴테와 셰익스피어 다음으로 가장 활발히 연구되고 있으며 20세기 세계 문학계에서 가장 난해한 '문제 작가'로 꼽히는 카프카의 대표작을 모았다. 현대인의 고독과 불안을 그린 그의 작품들은 20세기 실존주의 문학의 발전에 커다란 영향을 끼쳤으며 원전에 충실한 번역으로 특유의 문체가 지닌 묘미를 만끽할 수 있다.

• 카프카는 지금까지 '고독과 불안이라는 현대인의 실존적 상황을 표현한 작가'라는 식으로 우리나라에 소개되어 왔지만 누구보다 권력에 대한 비판의식이 강했으며, 작품 속에 그러한 의식을 표현했다고 보는 시각도 있다. – 〈독서신문〉

5. 하늘과 바람과 별과 시

윤동주 | 신형건 엮음

**우리나라 사람들이 가장 많이 애송하는
'민족 시인' 윤동주의 문학 세계**

「서시」, 「별 헤는 밤」, 「자화상」, 「참회록」 등 전 국민이 애송하는 시를 비롯해 총 99편의 시와 4편의 산문을 한데 모았다. 그가 남긴 작품에서 시대의 아픔을 성찰하며 정면으로 돌파하려는 저항 정신을 읽어 낼 수 있지만, 일제 강점기의 저항의 아이콘으로만 인식되어 온 윤동주 시인의 새로운 면모를 재발견할 수 있을 것이다.

• 수많은 이들에게 애송되는 시엔 그만한 이유가 있겠지만 굳이 분석적으로 접근할 필요는 없을 것이다. 누가 읽더라도 곧바로 와 닿는 바가 있어 마음을 울리고, 읽고 난 후에도 오래도록 그 여운이 남기 때문이다. – '엮은이의 말' 중에서

6. 봄봄 동백꽃

김유정

**어려운 현실을 풍자와 해학으로 극복한
한국 근대소설의 정수**

김유정의 대표작 8편의 원전을 충실하게 살려 아름다운 우리말을 풍요롭게 담고, 설명이 필요한 토속적 어휘는 풀이말을 달아 이해를 도왔다. 김유정의 작품은 일제 강점기의 암담한 식민지 현실 속에서 고된 삶을 살았던 가난한 사람들의 슬픔과 고통을 유머와 웃음이 가득한 감동으로 승화시키고 있다.

• 김유정의 해학은 거짓과 억지가 전혀 섞여 있지 않아 누구나 공감할 수 있으며 오히려 인간에 대한 따뜻한 애정이 담겨 있어 진한 감동을 불러일으킨다. –〈독서신문〉

클래식 보물창고를 펴내며

누구나 자신의 삶에 결정적인 영향을 미치는 책을 만나는 순간이 있습니다. 그 책은 순수한 영혼을 지닌 어린 세대에겐 세상에 눈을 뜨게 하고, 눈부신 성장을 거듭하는 세대에겐 삶의 비밀을 엿보게 합니다. 또한 고단하고 무기력한 일상을 꾸려가는 성인들에겐 마음을 위로하고 정신을 각성할 기회를 마련해 줍니다. 세대와 시대를 초월하여 평생을 동반하는 '내 인생의 책'이 될 고전만을 엄선하여 〈클래식 보물창고〉를 펴냅니다.

〈클래식 보물창고〉엔 오랜 세월의 침식을 견뎌 낸 위대한 세계 문학 작품들이 총망라되어 있습니다. 한 번 읽고 마는 책이라면 결코 고전이라 할 수 없습니다. 처음 읽었을 때의 감동과 여운이 다시 그 책을 읽게 하고, 되풀이해 읽을 때마다 새로운 울림으로 다가오는 책이야말로 진정한 고전일 것입니다. 거듭 읽는 선택을 스스로 하는 독자야말로 어떤 전문적인 잣대를 지닌 학자나 비평가보다 고전에 끝없는 생명력을 불어넣는 진짜 주인입니다.

독자들의 요구를 전폭적으로 수용한 목록 선정과 원전에 충실하면서도 새로운 시대감각을 반영한 번역으로 탁월한 작품성을 고스란히 살린 고전들을 〈클래식 보물창고〉에서 만날 수 있습니다. 상세한 주석, 해설, 작가 연보는 작품을 보는 총체적 안목을 갖도록 해 주며, 품격 있는 양장본으로 견고하게 만들어진 책은 독자들이 소중한 고전들을 오래오래 간직할 수 있게 할 것입니다.

1. 이상한 나라의 앨리스

루이스 캐럴 | 황윤영 옮김

『성경』과 더불어 세계에서 가장 많이 인용된 책

루이스 캐럴이 네 살배기 꼬마 숙녀에게 즉흥적으로 지어 들려준 이야기에서 비롯된 이 작품은 특유의 유쾌한 상상력과 말놀이, 시적인 묘사와 개성적인 캐릭터, 재치 넘치는 패러디와 날카로운 사회 풍자로 아동청소년문학사와 영문학사에 큰 획을 그었다. 앨리스의 기상천외한 모험은 독자들의 잠들었던 동심과 상상력을 일깨우기에 충분하다.

• T. S. 엘리엇의 시, 제임스 조이스와 올더스 헉슬리의 소설, 미야자키 하야오 감독의 영화, 살바도르 달리의 그림과 조각 등 앨리스 리델은 루이스 캐럴만의 뮤즈가 아닌 전 세계 예술가들과 독자들의 뮤즈가 되었다. – '역자 해설' 중에서

2. 키다리 아저씨

진 웹스터 | 원지인 옮김

고전의 가치를 재확인하는 출간 100주년 기념판!

서간문이라는 독특한 형식과 소녀적 감성이 결합된 성장기이자 로맨스 소설이다. 경쾌하고 유머가 넘치는 특유의 문체로 그려 낸 주디의 모습은 어렵고 힘든 상황에서도 행복의 참 가치를 깨닫게 해 준다. 또한 20세기 초 변화의 시기를 통과하며 사회의 모순을 고발하고 개혁을 주장했던 작가의 진보적인 사상은 페미니즘 문학으로서의 의미를 더해 준다.

• 저자는 주디를 통해 풋풋한 아가씨의 사랑 이야기를 보여줄 뿐 아니라 여성의 참정권을 주장하고, 고아의 권리를 대변하며, 진정 훌륭한 삶은 어떤 삶인가를 독자들에게 끊임없이 묻는다. – 〈독서신문〉

3. 보물섬

로버트 루이스 스티븐슨 | 민예령 옮김

**인간이 가진 절대적인 선과 악을 그린
세계 최초의 해양모험소설**

미지의 세계를 꿈꾸는 인간의 욕망은 모험을, 금은보석에 대한 물질적 욕망은 온갖 음모와 배신을 낳는다. 『보물섬』은 영국 빅토리아 시대의 흥미진진한 꿈과 낭만을 대변하는 동시에 선악의 경계를 아슬아슬하게 줄타기하는 인물들의 심리를 탁월하게 묘사하며 인간의 욕망을 고찰하고 있다.

• 모험과 낭만, 재미뿐만 아니라 인간 본성에 대한 변주와 깊이 있는 통찰력으로 '해양문학의 고전'으로 자리 잡은 이 작품은 현대 성인들에게 모자랐던 모험심을 보충해 줄 것이다. –〈독서신문〉

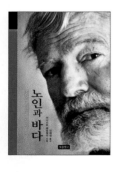

4. 노인과 바다

어니스트 헤밍웨이 | 민예령 옮김

**헤밍웨이에게 퓰리처상과
노벨 문학상을 안겨 준 대표작**

『노인과 바다』는 하드보일드한 서사 기법과 절제미가 돋보이는 문체로 헤밍웨이 문학의 총 결산이자 미국 현대문학의 중추가 된 걸작이다. 생애의 모든 역경을 불굴의 투지로 부딪쳐 이겨 내는 노인 산티아고의 모습은 헤밍웨이가 추구하던 실존주의 철학을 드러내며 삶에 대한 애착과 존엄성을 사실적으로 형상화한다.

• 우리는 패배하지 않는다. 승리하고자 이 삶을 살고 있는 것이 아니기 때문이다. 삶을 지켜 냈고 그 과정을 지켜 냈다면 그것은 패배가 아닌 것이다. 『노인과 바다』는 우리에게 그 믿음을 줄 것이라 확신한다. –'역자 해설' 중에서

출간 예정 도서

*〈클래식 보물창고〉 시리즈는 계속 출간됩니다!

보물창고 www.prooni.com 전화 02-581-0334~5 팩스 02-582-0648
네이버 카페 http://cafe.naver.com/prbm

헨리 삼촌도 웃지 않았다. 삼촌은 아침부터 밤까지 열심히 일했지만, 기쁨이 무엇인지는 알지 못했다. 삼촌 역시 긴 턱수염부터 거친 부츠까지 잿빛이었다. 붙임성 없고 심각해 보이는 표정에 좀처럼 말이 없는 사람이었다.

도로시를 웃게 만들고 주위의 다른 것들처럼 잿빛으로 변하지 않게 해 주는 건 토토였다. 토토는 잿빛이 아니라 검정색 털을 가진 자그마한 강아지였다. 조그맣고 재미있게 생긴 코 위에는 작고 까만 눈이 반짝였다. 도로시는 토토와 하루 종일 함께 놀았다. 그리고 진심으로 토토를 사랑했다.

하지만 오늘은 도로시와 토토도 놀지 않았다. 헨리 삼촌은 현관 입구 계단에 앉아 평소보다 훨씬 더 짙은 잿빛을 띤 하늘을 걱정스러운 눈길로 쳐다보고 있었다. 도로시도 토토를 안고 문 안쪽에 서서 하늘을 올려다보았다. 엠 숙모는 설거지를 하고 있었다.

저 멀리 북쪽에서 바람이 낮게 윙윙거리는 소리가 들려왔다. 길게 자란 풀들은 바람을 따라 물결치듯 흔들리고 있었다. 그것은 폭풍우가 치기 전에 볼 수 있는 광경이었다. 이번에는 남쪽으로부터 휘파람 소리처럼 날카로운 바람 소리가 들려왔다. 남쪽으로 눈길을 돌리자 그쪽에서도 풀들이 물결치는 모습이 보였다.

갑자기 헨리 삼촌이 일어서며 숙모에게 소리쳤다.

"폭풍우가 오고 있어, 엠. 가축들을 살펴보러 갔다 올게."

삼촌은 소와 말이 있는 가축우리 쪽으로 달려갔다.

엠 숙모는 설거지하던 그릇을 내려놓고 문간으로 왔다. 한눈에 위험이 다가왔다는 것을 알 수 있었다.

"도로시, 얼른! 대피호로 달려가!"

숙모가 소리쳤다.

그때 토토가 도로시의 품에서 달려 나와 침대 아래로 숨어 버렸고 도로시는 토토를 잡으려고 달려갔다. 엠 숙모는 잔뜩 겁에 질려 바닥에 있는 뚜껑문을 열어젖히고 사다리를 타고 내려가 작고 어두운 구덩이 속으로 들어갔다. 간신히 토토를 붙잡은 도로시도 숙모를 따라갔다. 그런데 도로시가 방의 절반쯤 왔을 때 찢어지는 듯한 바람 소리가 들리더니 집이 거칠게 흔들렸다. 도로시는 휘청거리며 그만 바닥에 주저앉고 말았다.

그때 이상한 일이 일어났다.

집이 두세 바퀴 빙글빙글 돌더니 천천히 하늘로 떠오르는 것이었다. 도로시는 마치 풍선을 타고 하늘로 올라가는 느낌이 들었다.

남쪽과 북쪽에서 불어온 바람이 집이 서 있던 자리에서 만났고, 그래서 집이 정확하게 회오리바람의 한가운데에 휩쓸리고 만 것이다. 회오리바람의 한가운데는 일반적으로 고요하지만 바람의 강한 압력은 집을 높이 더 높이 들어 올렸고, 결국 집은 회오리바람의 꼭대기까지 올라갔다. 그리고 바람은 깃털처럼 가볍게 멀리, 저 멀리 집을 날려 보내고 말았다.

너무 어두운 데다가 바람이 무시무시한 소리를 내며 윙윙 불어 댔지만 도로시는 자신이 꽤 쉽게 바람을 타고 있다는 것을 느꼈다. 처음에 몇 번 빙글빙글 돌고 한 번 더 돌면서 집이 심하게 기울었지만, 마치 요람 속 아기처럼 부드럽게 흔들리는 것 같은 기분이었다.

하지만 토토는 좋아하지 않았다. 토토는 방 여기저기를 뛰어다니며 큰 소리로 짖어 댔다. 도로시는 바닥에 가만히 앉아 어떤 일이 일어날까 생각하며 기다렸다.

그런데 한번은 토토가 열린 뚜껑문에 너무 가까이 갔다가 그만 구멍으로 떨어지고 말았다. 순간 도로시는 토토를 잃어버린 것이라고 생각했다. 하지만 토토의 한쪽 귀가 구멍으로 쏙 올라와 있는 게 보였다. 공기의 강한 압력이 토토를 떠받치고 있어서 떨어지지 않은 것이다. 도로시는 구멍으로 기어가 토토의 귀를 잡아서 다시 방으로 끌어 올렸다. 그러고는 다시 사고가 일어나지 않도록 뚜껑문을 닫아 버렸다.

시간이 흐르면서 도로시는 차츰 두려움이 사라졌지만 너무 외로웠다. 바람이 어찌나 세게 윙윙 불어 대는지 귀가 다 먹먹해질 정도였다. 처음에 도로시는 집이 땅으로 떨어지면서 자신의 몸이 산산조각 나면 어떻게 하나 걱정했다. 하지만 시간이 지나도 아무런 일이 일어나지 않자 걱정을 그만두고 앞으로 어떤 일이 일어날지 차분히 기다려 보기로 마음먹었다. 도로시가 심하게 흔들리는 바닥을 엉금엉금 기어가 침대에 눕자 토토도 따라와 도로시 옆에 누웠다. 집이 요동치고 바람이 거칠게 불었지만 도로시는 두 눈을 감고 곧 잠에 빠져들었다.

2. 먼치킨들과의 만남

도로시는 쿵 하고 뭔가 부딪히
는 충격에 잠에서 깼다. 도로시
가 푹신한 침대에 누워 있지 않
았다면 크게 다쳤을 정도로 갑
작스럽고 심한 충격이었다. 도로
시는 숨을 죽이고 무슨 일일까 생각
해 보았다. 토토는 작고 차가운 코를 도로시의 얼굴에 갖다 대고
는 슬프게 낑낑거렸다. 몸을 일으킨 도로시는 집이 움직이지 않
고 있다는 것을 알아챘다. 창문을 통해 작은 방으로 햇빛이 쏟아
져 들어와 이제 어둡지도 않았다. 도로시는 침대에서 벌떡 일어
나 문을 열었다. 토토가 도로시를 졸졸 따라왔다.
　도로시는 깜짝 놀라 비명을 지르고 말았다. 눈앞에 펼쳐진 놀라운 광경에 두 눈이 휘둥그레졌다.

회오리바람이 도로시네 집을 정말 아름다운 땅 한가운데에 살며시, 회오리바람치고는 정말 살며시 내려놓은 것이다. 연둣빛 잔디로 뒤덮인 풀밭에는 향기롭고 달콤한 과일이 주렁주렁 달린 나무들이 위풍당당한 모습으로 서 있었다. 강둑에는 아름다운 꽃들이 사방으로 피어 있고, 아름답고 빛나는 깃털을 가진 새들이 지저귀며 나무와 덤불 사이를 날아다녔다. 조금 떨어진 곳에는 작은 시내가 초록색 강둑 사이로 반짝이며 흐르고 있었다. 메마르고 우중충한 대초원에서 오랫동안 살아온 도로시에게 시냇물이 졸졸 흐르는 소리가 아주 반갑게 들렸다.

도로시가 궁금한 눈빛으로 낯설고도 아름다운 풍경을 바라보며 서 있는데, 한 번도 본 적 없는 이상한 모습의 사람들이 다가왔다. 그 사람들은 도로시가 늘 봐 오던 어른만큼 크지도 않았고 그렇다고 아주 작지도 않았다. 키는 또래 아이들치고는 큰 편인 도로시만 한 것 같았지만 모습은 훨씬 더 나이가 들어 보였다.

세 사람은 남자였고 한 사람은 여자였는데 모두 옷차림새가 이상했다. 그들은 머리 위로 30센티미터 정도 뾰족하게 솟아오른 둥근 모자를 쓰고 있었는데 모자 테두리에는 작은 종들이 달려 있어 움직일 때마다 딸랑거리는 소리가 아름답게 들렸다. 남자들은 파란색 모자를 쓰고 있었고, 여자는 하얀색 모자에 어깨에서부터 천들이 늘어진 하얀 가운을 입고 있었다. 여자의 가운 위로는 작은 별들이 햇빛을 받아 다이아몬드처럼 반짝거리고 있었다. 남자들은 모자와 같은 파란색 옷을 입고 잘 닦은 부츠를 신고 있었다. 깊게 말린 부츠의 코 끝도 파란색이었다. 도로시는 두 사람에게 턱수염이 있는 것으로 봐서 그들이 헨리 삼촌 나이 정도 된 것 같다고 생각했다. 하지만 여자는 훨씬 더 늙은 게 분명했다. 얼굴은 온통 주름투성이였고 머리는 거의 백발이었으며 걸음걸이는 조금 부자연스러웠다.

그 사람들은 도로시가 서 있는 집에 가까이 다가오더니 걸음을 멈추고는 마치 더 가까이 오는 게 두려운 듯 자기들끼리 수군거렸다. 이윽고 작고 늙은 여자가 도로시에게 걸어오더니 가볍게 머리를 숙여 인사를 하고는 부드러운 목소리로 말했다.

"먼치킨의 나라에 오신 것을 환영합니다, 마법사님. 사악한 동쪽 마녀를 죽여 주시고 우리 먼치킨들을 풀어 주셔서 정말 감사합니다."

도로시는 이 말을 듣고 깜짝 놀랐다. 나를 마법사라고 부르고 게다가 내가 사악한 동쪽 마녀를 죽였다니, 도대체 무슨 말이지? 도로시는 회오리바람을 타고 고향으로부터 수십 킬로미터를 날아온, 아무것도 해칠 줄 모르는 순진한 아이일 뿐이었다. 도로시는 지금껏 개미 한 마리 죽인 적이 없었다.

그 작은 여자는 도로시의 대답을 기다리고 있는 게 분명했다. 그래서 도로시는 머뭇머뭇 말했다.

"정말 친절한 분이시군요. 그런데 뭔가 오해가 있었나 봐요.

전 아무도 죽이지 않았답니다."

작은 여자가 큰 소리로 웃으며 말했다.

"당신의 집이 죽였으니 당신이 죽인 거나 다름없죠. 봐요!"

그러고는 집 모퉁이를 가리켰다.

"나무 기둥 아래에 아직도 삐죽 나와 있는 마녀의 두 발이 보이잖아요."

여자가 가리키는 곳을 본 도로시는 두려움에 사로잡혀 조그맣게 비명을 질렀다. 집을 받치고 있는 모퉁이의 커다란 대들보 아래에는 정말 두 발이 튀어나와 있었다. 끝이 뾰족하고 은으로 된 구두를 신은 발이었다.

"어머나, 세상에! 오, 이런!"

도로시는 너무 무서워 두 손을 마주 잡은 채 소리쳤다.

"집이 저 사람 위로 떨어졌나 봐요. 어떻게 하죠?"

"아무것도 할 필요 없어요."

여자가 침착하게 말했다.

"그런데 저 사람은 누구죠?"

도로시가 물었다.

"아까 말한 대로 사악한 동쪽 마녀예요. 몇 년 동안이나 먼치킨들을 가둬 놓고는 밤이고 낮이고 노예로 부려 먹었죠. 이제 먼치킨들이 모두 풀려났어요. 다들 당신에게 고마워하고 있답니다."

"먼치킨이 누구예요?"

도로시가 물었다.

"사악한 마녀가 지배하고 있던 동쪽 나라에 살고 있는 사람들이죠."

"당신은 먼치킨인가요?"

"아뇨, 하지만 전 먼치킨들의 친구예요. 북쪽 나라에 살고 있긴 하지만요. 동쪽 마녀가 죽은 걸 보고는 먼치킨들이 저에게 전갈을 보냈고, 소식을 듣고 당장 달려온 거랍니다. 전 북쪽 마녀예요."

"어머나! 당신이 정말 마녀라고요?"

도로시가 소리쳤다.

"그래요. 하지만 전 착한 마녀예요. 그래서 사람들은 저를 좋아하죠. 하지만 이곳을 지배하던 사악한 마녀만큼 힘이 세지는 않아요. 만약 그랬다면 내가 직접 먼치킨들을 풀어 줬겠죠."

"전 마녀들이 모두 못된 줄 알았어요."

도로시는 진짜 마녀가 바로 앞에 있다는 사실 때문에 반쯤 겁에 질려 말했다.

"아, 아니에요. 그건 정말 큰 오해예요. 오즈의 나라에는 모두 네 명의 마녀가 있어요. 그중 둘은 북쪽과 남쪽에 사는데 착한 마녀랍니다. 이건 사실이에요. 내가 그중 하나니까 잘못 알고 있을 리가 없죠. 서쪽과 동쪽에 사는 마녀는 사악한 마녀들이에요. 그런데 당신이 그중 하나를 죽였으니 이제 오즈에는 사악한 마녀가 하나뿐이군요. 서쪽에 사는 마녀 말이에요."

도로시는 잠깐 생각하더니 말했다.

"엠 숙모는 마녀들이 모두 죽었다고 했거든요. 아주아주 옛날에 말이에요."

"엠 숙모가 누구죠?"

북쪽 마녀가 물었다.

"캔자스에 살고 있는 제 숙모예요. 제가 바로 그 캔자스에서 왔고요."

북쪽 마녀는 머리를 숙이고 땅을 내려다보며 잠깐 생각하는 것 같았다. 그러더니 고개를 들고 말했다.

"난 캔자스가 어디에 있는지 모르겠어요. 한 번도 들어 본 적이 없는 곳이거든요. 문명이 발달한 곳인가요?"

"어머, 그럼요."

도로시가 대답했다.

"이제 알겠네요. 문명이 발달한 곳에는 이제 마녀가 남아 있지 않은 거로군요. 남자 마법사도, 여자 마법사도 말이에요. 하지만 보다시피 여기 오즈는 문명이 전혀 발달하지 않았어요. 우리는 다른 세상으로부터 단절되었거든요. 그래서 이곳엔 마녀도, 마법사도 아직 있는 거예요."

"마법사는 누구예요?"

도로시가 물었다.

그러자 마녀가 목소리를 낮추어 속삭였다.

"오즈가 바로 위대한 마법사이시죠. 그분은 우리 모두의 힘을 합한 것보다 강하답니다. 그분은 에메랄드 도시에 살고 있어요."

도로시가 또 질문을 하려는데, 아무 말 없이 옆에 서 있던 먼치킨들이 소리를 지르며 사악한 마녀가 깔려 있던 곳을 가리켰다.

"왜 그러는 거니?"

북쪽 마녀가 물었다. 그리고는 먼치킨들이 가리키는 곳을 돌아보더니 웃기 시작했다. 그곳에는 죽은 동쪽 마녀의 두 발이 감쪽같이 사라지고 은구두만 남아 있었던 것이다.

북쪽 마녀가 설명했다.

"동쪽 마녀는 너무 늙어서 햇볕에 금방 말라 버린 거예요. 못된 마녀의 최후로군요. 이제 저 은으로 된 구두는 당신 거니까 신어 봐요."

북쪽 마녀는 손을 뻗어 구두를 집어 들더니 먼지를 털어 내어 도로시에게 건넸다.

한 먼치킨이 말했다.

"동쪽 마녀가 이 은구두를 무척 자랑스러워했어요. 우리가 잘 모르는 어떤 마력이 구두에 있는 것 같아요."

도로시는 그 구두를 집으로 갖고 들어가 식탁 위에 두었다. 그리고 다시 먼치킨들이 있는 곳으로 나와 말했다.

"숙모와 삼촌에게 돌아가고 싶어요. 두 분이 몹시 걱정하고 계실 거예요. 가는 길 좀 가르쳐 줄래요?"

그 말을 들은 먼치킨들과 북쪽 마녀는 서로 쳐다보았다. 그리고 다시 도로시를 바라보며 고개를 저었다.

한 먼치킨이 말했다.

"동쪽으로 가다 보면 멀지 않은 곳에 거대한 사막이 있어요. 그런데 그 사막을 살아서 건너간 사람은 아무도 없죠."

다른 먼치킨이 말했다.

"남쪽도 마찬가지예요. 내가 가 본 적이 있거든요. 남쪽은 쿼들링의 나라예요."

그러자 세 번째 먼치킨이 말했다.

"서쪽도 마찬가지라고 들었어요. 윙키들이 살고 있는 그 나라는 사악한 서쪽 마녀가 지배하고 있죠. 당신이 그곳을 지나가면 서쪽 마녀는 당신을 자기 노예로 만들어 버릴걸요."

마녀가 말했다.

"북쪽은 내가 살고 있는 곳이에요. 북쪽의 끝도 다른 곳과 마찬가지로 이곳 오즈를 둘러싸고 있는 거대한 사막이랍니다. 이런, 안타깝지만 당신은 우리와 함께 살아야 할 것 같군요."

이 말을 들은 도로시는 흐느껴 울기 시작했다. 이 낯선 사람들과 있으려니 너무 외로웠기 때문이다. 마음씨 따뜻한 먼치킨들은 도로시의 눈물을 보고 마음이 아팠던지 곧장 손수건을 꺼내 함께 울기 시작했다. 그러자 북쪽 마녀는 모자를 벗어 코끝에 올리고는 균형을 맞추더니 진지한 목소리로 "하나, 둘, 셋." 하고 숫자를 셌다. 그 순간 모자는 석판으로 바뀌었다. 그 석판에는 하얀 분필로 커다랗게 이렇게 쓰여 있었다.

도로시를 에메랄드 도시로 보내라.

북쪽 마녀는 자신의 코에서 석판을 집어 들더니 그곳에 쓰인 글을 읽고는 물었다.

"당신 이름이 도로시인가요?"

"네, 그래요."

도로시는 눈물을 닦으며 고개를 들고 대답했다.

"그러면 당신은 에메랄드 도시로 가야 해요. 어쩌면 오즈가 당신을 도와줄지도 몰라요."

"그 도시는 어디에 있죠?"

도로시가 물었다.

"그곳은 정확하게 이 나라 한가운데에 있어요. 아까 말한 대로 위대한 마법사 오즈가 다스리죠."

"좋은 사람인가요?"

도로시가 걱정스럽게 물었다.

"좋은 마법사예요. 그가 사람인지 아닌지는 말해 줄 수 없어요. 난 그를 본 적이 없거든요."

"그곳에는 어떻게 가죠?"

도로시가 물었다.

"걸어서 가야 해요. 아주 긴 여행이 될 거예요. 때로는 즐겁겠지만 때로는 어둡고 힘들지도 몰라요. 내가 알고 있는 모든 마법을 써서 당신을 어려움으로부터 지켜 줄게요."

"나와 함께 가지 않으실 건가요?"

도로시는 하나밖에 없는 친구인 북쪽 마녀를 올려다보며 애원했다.

"아니, 그럴 수는 없어요. 하지만 입맞춤을 해 주겠어요. 북쪽 마녀의 입맞춤을 받은 사람은 감히 누구도 해치지 못할 거예요."

북쪽 마녀는 도로시에게 가까이 다가오더니 그녀의 이마에 부드럽게 입맞춤을 해 주었다. 도로시는 마녀의 입술이 닿은 곳에 둥글고 반짝이는 자국이 남았다는 것을 곧 알게 되었다.

"에메랄드 도시로 가는 길은 노란 벽돌로 포장되어 있어요. 그러니 길을 잃어버리지는 않을 거예요. 오즈를 만나면 겁내지 말고 당신의 이야기를 하고 도와달라고 해요. 그럼 잘 가요."

마녀가 말했다.

세 명의 먼치킨은 고개 숙여 인사를 하며 즐거운 여행이 되기를 기원한 다음, 나무들 사이로 걸어가 버렸다. 마녀는 도로시에게 다정한 얼굴로 고개를 끄덕이고는 왼쪽 뒤꿈치를 세 번 둥글게 휘젓더니 곧 사라져 버렸다. 토토는 너무 놀라 마녀가 사라진 곳을 향해 큰 소리로 짖어 댔다. 마녀가 서 있는 동안은 너무 무서워 으르렁대지도 못하더니 말이다.

하지만 그녀가 마녀라는 사실을 알고 있던 도로시는 그런 식으로 사라질 거라 예상하고 있었기 때문에 전혀 놀라지 않았다.

3. 도로시,
허수아비를 구하다

혼자 남은 도로시는 허기를
느꼈다. 그래서 찬장에서 빵을 꺼
내 손으로 자르고 버터를 발라 토
토에게 조금 주었다. 그러고는 선반에
서 양동이를 내려 아래에 있는 작은 시
내로 가서 맑고 반짝이는 물을 떴다. 토토는 나무로 달려가더니
나무에 앉아 있는 새들을 향해 짖기 시작했다. 도로시는 토토를
데리러 갔다가 나뭇가지에 맛있어 보이는 과일이 주렁주렁 달린
것을 보고는 과일을 몇 개 땄다. 마침 아침 식사로 과일을 먹고
싶었기 때문이다.

도로시는 집으로 돌아가 마음껏 과일을 먹고 토토에게는 시
원하고 맑은 물을 충분히 주면서 에메랄드 도시로 떠날 준비를

했다.

도로시에게는 여분의 옷이 딱 한 벌 있었는데 마침 세탁해서 침대 옆 못에 걸어 둔 참이었다. 하얀색과 파란색의 체크무늬 무명천으로 된 옷이었는데 하도 많이 빨아서 파란색은 곳곳이 바랬지만 꽤 예쁜 원피스였다. 도로시는 꼼꼼하게 세수를 하고 깨끗한 무명 원피스로 갈아입은 뒤, 머리에는 햇볕을 가리는 분홍색 모자를 쓰고 끈을 묶었다. 그런 다음 작은 바구니를 꺼내 찬장에 있던 빵을 가득 담고 하얀 천으로 덮었다. 발을 내려다본 도로시는 신고 있는 신발이 너무 오래되고 낡았다는 생각이 들었다.

"토토, 이 신발로는 오랫동안 여행을 할 수 없을 거야."

토토는 까맣고 조그만 눈으로 도로시의 얼굴을 올려다보며 그 말을 이해한다는 듯 꼬리를 흔들었다.

바로 그때, 도로시는 식탁 위에 동쪽 마녀가 신던 은구두가 놓여 있는 것을 보았다. 도로시는 토토에게 말했다.

"저 구두가 나에게 맞을지 모르겠네. 오랫동안 걷기에는 저 신발이 제격일 텐데 말이야. 왜냐하면 은구두는 닳지 않을 테니까."

도로시는 신고 있던 낡은 가죽 신발을 벗고 은구두를 신어 보았다. 그런데 그 구두는 마치 도로시를 위해 만든 것처럼 꼭 맞았다.

마지막으로 도로시는 바구니를 들었다.

"따라와, 토토. 에메랄드 도시로 가서 위대한 오즈에게 캔자스로 돌아가는 법을 가르쳐 달라고 하자."

도로시는 문을 잠근 후 열쇠를 원피스 주머니에 잘 넣어 두었다. 그러고는 얌전히 뒤를 따라오는 토토와 함께 길을 떠났다.

근처에는 여러 갈래 길이 있었지만 노란 벽돌로 포장된 길을 찾는 데는 오랜 시간이 걸리지 않았다. 곧 도로시는 에메랄드 도시를 향해 활기차게 걸어가기 시작했다. 은구두가 딱딱한 노란 벽돌길 위에서 딸각딸각 경쾌한 소리를 냈다. 햇빛이 눈부시게 환하고 새들은 즐겁게 지저귀고 있어서, 갑작스레 고향 마을에서 회오리바람을 타고 날아와 낯선 땅 한가운데에 떨어진 어린 여자아이치고는 그렇게 끔찍한 기분이 아니었다.

도로시는 걸으면서 바라본 주변 풍경이 무척 아름다워 깜짝 놀랐다. 길 양쪽에는 파란색으로 말끔하게 페인트칠이 된 깨끗한 울타리가 늘어서 있고, 울타리 너머 밭에는 채소와 곡식이 풍성하게 자라고 있었다. 먼치킨들은 훌륭한 농부인 게 분명했다. 때때로 먼치킨들은 일부러 집 밖으로 나와 도로시가 지나가는 동안 고개 숙여 인사를 했다. 그들은 도로시가 사악한 마녀를 죽여서 자신들이 풀려날 수 있었다는 사실을 알고 있었다. 먼치킨들이 살고 있는 집은 특이한 모양이었다. 커다랗고 둥근 지붕을 가지고 있었는데 집채도 둥근 모양이었다. 이곳 동쪽 나라에서는 파란색을 가장 좋아했기 때문에 모든 집들은 파란색으로 칠해져 있었다.

저녁이 가까워졌다. 오랫동안 걸은 탓에 피곤해진 도로시는 어디서 잠을 자야 할지 고민하기 시작했다. 그때 도로시는 여느 집보다 좀 더 큰 집에 다다랐다. 집 앞의 초록 잔디밭에서 많은 남자와 여자가 춤을 추고 있었다. 다섯 명의 작은 먼치킨들은 있는 힘껏 큰 소리로 바이올린을 켜고 다른 먼치킨들은 웃고 노래하고 있었다. 그 옆에 있는 커다란 식탁에는 맛있는 과일과 호두, 파이, 케이크 등 먹을 것들이 잔뜩 차려져 있었다.

먼치킨들은 친절하게 도로시를 맞이하더니 함께 저녁을 먹고 자고 가라고 초대했다. 그곳은 가장 부자 먼치킨의 집이었는데, 사악한 마녀로부터 풀려나 자유의 몸이 된 것을 축하하기 위해 친구들이 다 함께 모인 것이었다.

'보크'라는 부자 먼치킨이 직접 대접해 주었고 도로시는 실컷 저녁을 먹었다. 저녁을 다 먹은 도로시는 긴 의자에 앉아 먼치킨들이 춤추는 것을 구경했다.

도로시가 신은 은구두를 보더니 보크가 말했다.

"당신은 대단한 마법사임이 틀림없군요."

"왜죠?"

도로시가 물었다.

"은구두를 신었고 사악한 마녀를 죽였으니까요. 그리고 당신이 입고 있는 옷에는 하얀색도 있으니까요. 마법사와 마녀만 하얀색을 입거든요."

"내 옷은 하얀색과 파란색의 체크무늬예요."

도로시가 옷의 주름을 펴면서 말했다.

"그런 옷을 입고 있다니 당신은 정말 착하군요. 파란색은 먼치킨들의 색깔이고 하얀색은 마녀의 색깔이니 당신은 착한 마녀예요."

보크가 말했다.

도로시는 그 말에 어떻게 대답을 해야 할지 알 수 없었다. 모든 먼치킨이 자신을 마녀라고 생각하지만, 자신은 우연히 회오리바람을 타고 낯선 땅에 온 평범한 여자아이일 뿐이라는 사실을 너무도 잘 알고 있으니 말이다.

먼치킨들이 춤추는 것을 구경하는 것도 서서히 지겨워질 때쯤 되자 보크는 도로시를 데리고 집 안으로 들어가더니 예쁜 침대가 있는 방으로 안내했다. 침대 덮개는 파란 천으로 만든 것이었다. 도로시는 침대에서, 토토는 도로시 옆에 놓인 파란 깔개 위에서 몸을 웅크리고 아침까지 푹 잘 잤다.

아침을 배불리 먹은 도로시는 토토의 꼬리를 잡아당기며 노는 조그만 먼치킨 아기를 가만히 바라보았다. 아기가 환성을 지르고 웃는 모습에 도로시는 무척 즐거웠다. 토토는 모든 먼치킨에게 호기심의 대상이었다. 먼치킨들은 개를 본 적이 없기 때문이었다.

"에메랄드 도시까지는 얼마나 먼가요?"

도로시가 보크에게 물었다. 그러자 보크가 진중하게 말했다.

"나도 가 본 적이 없어서 모르겠어요. 특별한 일이 없다면 먼치킨들은 오즈와 멀리 떨어져 있는 편이 낫거든요. 에메랄드 도시까지는 먼 거리이니 몇 날 며칠은 가야 할 거예요. 이 나라는 풍요롭고 즐거운 곳이지만 에메랄드 도시에 도착하려면 힘들고 위험한 곳을 지나야 해요."

이 말을 들은 도로시는 약간 걱정이 되었다. 하지만 캔자스로 다시 돌아갈 수 있도록 도와줄 수 있는 건 오로지 위대한 오즈뿐이라는 사실을 알기에 물러서지 않겠다고 용감하게 결심했다.

도로시는 친구들에게 작별 인사를 하고 다시 노란 벽돌길을 걷기 시작했다. 한참을 걷고 난 뒤에 좀 쉬어 가야겠다는 생각을 하고 길 옆 울타리 위로 올라가 앉았다. 울타리 너머에는 커다란 옥수수밭이 있었다. 그리고 멀지 않은 거리에 새들이 잘 익은 옥수수를 쪼아 먹지 못하도록 장대 높이 매달아 놓은 허수아비 하나가 보였다.

도로시는 손에 턱을 괴고 깊은 생각에 잠겨 허수아비를 바라보았다. 작은 자루에 지푸라기를 채워 만든 머리에는 얼굴이라는 걸 나타내기 위해 눈, 코, 입이 그려져 있었다. 어느 먼치킨의 것이었을 것 같은 낡고 뾰족한 파란 모자가 머리 위에 올려져 있었고, 낡고 해진 파란색 옷 역시 지푸라기로 채워져 있었다. 발에는 이 나라 모든 사람이 신은 것처럼 코 끝이 파란 낡은 부츠가 신겨져 있었다. 허수아비는 등에 장대가 꽂힌 채 옥수숫대 위로 높이 솟아올라 있었다.

도로시는 눈, 코, 입을 그려 넣은 이상한 얼굴을 가만 들여다

"당신은 대단한 마법사임이 틀림없군요."

보다가 허수아비의 한쪽 눈이 자신을 향해 천천히 윙크하는 것을 보고는 깜짝 놀라고 말았다. 잘못 본 게 틀림없다고 생각했다. 캔자스에서는 그 어떤 허수아비도 윙크를 하지 않기 때문이다. 그런데 조금 있으려니 이번에는 허수아비가 도로시에게 다정하게 고개를 끄덕이는 것이었다. 도로시는 울타리에서 내려와 허수아비에게로 걸어갔다. 토토는 장대 주위를 빙빙 돌며 짖어 댔다.

"안녕."

허수아비가 조금 쉰 목소리로 말했다.

"네가 말을 한 거니?"

도로시가 깜짝 놀라 물었다.

"물론이지. 기분은 어떠니?"

허수아비가 말했다.

"좋아. 넌 어떤데?"

도로시가 물었다.

"난 기분이 좋지 않아. 이렇게 높은 곳에서 밤이고 낮이고 까마귀들을 쫓아내고 있는 건 정말 지루한 일이거든."

허수아비가 미소를 지으며 말했다.

"내려올 수는 없는 거야?"

"응. 장대가 내 등에 꽂혀 있거든. 네가 이 장대를 좀 없애 준다면 정말 고마울 텐데."

도로시는 두 팔을 뻗어 허수아비에게서 장대를 빼냈다. 지푸라기로 채워진 허수아비는 무척 가벼웠다.

"정말 고마워. 새사람이 된 것 같아."

땅바닥에 내려서자 허수아비가 말했다. 도로시는 당황스러웠다. 지푸라기로 채워진 인간이 말을 하고 인사를 하고 자기 옆에서 걷는 게 정말 신기했다.

허수아비가 기지개를 켜고 하품을 하더니 물었다.

"넌 누구니? 어디서 온 거야?"

"내 이름은 도로시이고 에메랄드 도시로 가는 중이야. 위대한 오즈에게 나를 캔자스로 다시 돌려보내 줄 수 없는지 물어보려고."

"에메랄드 도시는 어디에 있는데? 오즈는 누구고?"

허수아비가 물었다.

"어머, 모르니?"

도로시가 놀라서 물었다.

"몰라. 난 아무것도 몰라. 보다시피 난 이렇게 지푸라기로 채워져 있어서 뇌가 없거든."

허수아비가 슬픈 목소리로 대답했다.

"어머, 정말 미안해."

도로시가 말했다.

"너랑 같이 에메랄드 도시로 가면 오즈가 나에게 뇌를 줄 거라 생각하니?"

허수아비가 물었다.

"나도 잘 몰라. 하지만 함께 가고 싶으면 나랑 같이 가도 돼. 오즈가 뇌를 주지 않는다 하더라도 지금보다 더 나빠질 건 없을 거야."

"맞아."

허수아비는 자신 있는 목소리로 계속해서 말했다.

"팔다리와 몸이 지푸라기로 채워져 있다고 해도 난 신경 쓰지 않아. 왜냐하면 다치지 않거든. 누가 내 발을 밟거나 핀으로 찔러도 상관없어. 느낄 수 없으니까. 하지만 사람들이 나를 바보라고 부르는 건 싫어. 내 머리는 네 머리처럼 뇌가 있는 게 아니라 이렇게 지푸라기로 채워져 있는데 내가 어떻게 세상일을 알 수 있겠니?"

도로시는 진심으로 안타까워하며 말했다.

"어떤 기분인지 알 것 같아. 나와 함께 가면 오즈에게 널 위해 할 수 있는 모든 것을 해 달라고 부탁해 볼게."

"고마워."

허수아비가 감사하는 마음으로 말했다.

도로시와 허수아비는 노란 벽돌길로 돌아갔다. 도로시는 허수아비가 울타리를 넘도록 도와주었다. 그들은 에메랄드 도시로 가는 노란 벽돌길을 따라 걷기 시작했다.

처음에 토토는 일행이 한 사람 더 늘어난 게 마음에 들지 않았다. 지푸라기 속에 쥐의 소굴이라도 있는지 의심스럽다는 듯 허수아비의 냄새를 맡으며 으르렁거리기도 했다.

"토토는 신경 쓰지 마. 절대 물지 않으니까."

도로시가 새 친구에게 말했다.

"아, 무섭지 않아. 개가 지푸라기를 다치게 할 수는 없을 테니까. 그리고 그 바구니는 내가 들게. 난 피곤해지지 않으니 괜찮아. 내게 비밀 하나가 있는데 말해 줄까?"

허수아비는 계속해서 걸어가면서 말했다.

"내가 이 세상에서 무서워하는 게 딱 하나 있어."

"그게 뭔데? 널 만든 먼치킨 농부?"

"아니, 불 붙은 성냥."

4. 숲 속으로 난 길

몇 시간쯤 걷고 나자 길이 험해지기 시작했다. 걷기가 힘들어졌고, 허수아비는 울퉁불퉁 튀어나온 노란 벽돌에 걸려 이따금 넘어졌다. 때때로 길은 끊어지거나 사라져 버리기도 했다. 길 곳곳에 나 있는 구덩이를 만날 때면 토토는 풀쩍 뛰어넘고 도로시는 빙 둘러 가야 했다. 뇌가 없는 허수아비는 곧장 앞으로만 걸어가다가 구덩이 안으로 발을 디디는 바람에 단단한 벽돌 바닥 위로 넘어져 완전히 너부러지곤 했다. 하지만 허수아비는 전혀 다치지 않았고, 그때마다 도로시가 허수아비를 들어 올려 다시 잘 세워 주었다. 그러면 허수아비는 자신이 당한 사고에도 아랑곳없이 즐겁게 웃으며 도로시의 곁에서 다시 걷기 시작했다.

이곳의 농장들은 아까 지나온 농장들에 비해 잘 가꾸어져 있지 않았다. 집도 적었고 과일나무들도 더 적었다. 앞으로 걸어갈수록 풍경은 점점 더 황량하고 외로워져 갔다.

정오 무렵 그들은 근처에 작은 시내가 흐르는 길가에 앉았다. 도로시가 바구니에서 빵을 꺼내 한 조각을 허수아비에게 권했지만 허수아비는 거절했다.

"난 절대 배가 고프지 않아. 배가 고프지 않다는 건 행운이지. 내 입은 단지 그림일 뿐이거든. 뭘 먹으려고 입에 구멍을 뚫으면 안에 채워 놓은 지푸라기들이 모두 쏟아져 나올 테고 그러면 내 머리 모양이 망가져 버리고 말걸."

허수아비의 말이 옳다는 것을 깨달은 도로시는 고개만 끄덕이고는 빵을 먹기 시작했다.

"네 이야기 좀 해 봐. 네가 살았던 곳 이야기도."

도로시가 점심을 다 먹고 나자 허수아비가 말했다. 도로시는 허수아비에게 캔자스 이야기를 해 주었다. 그곳이 얼마나 잿빛 투성이인지 그리고 어떻게 회오리바람이 자신을 이 이상한 오즈의 나라로 데리고 왔는지 이야기했다. 열심히 듣고 있던 허수아비가 말했다.

"나는 네가 왜 이 아름다운 나라를 떠나서 캔자스라고 하는 그 메마른 잿빛의 나라로 돌아가고 싶어 하는 건지 이해가 안 돼."

"그건 너에게 뇌가 없기 때문이야. 자신의 고향이 아무리 황량하고 메마른 곳이라 하더라도 사람은 고향에서 살고 싶어 해. 아무리 아름다운 곳이라 하더라도 고향만 한 곳은 없는 법이니까."

허수아비가 한숨을 쉬며 말했다.

"그래, 죽었다 깨어나도 난 이해할 수 없는 문제야. 사람들의 머리가 나처럼 지푸라기로 채워져 있다면 아마 다들 아름다운 곳에서만 살았을걸. 그러면 캔자스에는 아무도 남지 않았겠지. 사람들에게 뇌가 있다는 건 캔자스에는 다행스러운 일이야."

"네가 옥수수밭에 있었을 때 이야기 좀 해 줄래?"

도로시가 물었다.

그러자 허수아비는 원망스러운 표정으로 도로시를 쳐다보더니 대답했다.

"태어난 지 얼마 안 돼서 난 도통 아무것도 몰라. 난 그저께 만들어졌거든. 그전에 일어났던 일은 모르지. 다행스럽게도 농부가 내 머리를 만들 때 가장 먼저 귀를 그려 줘서 무슨 일이 일어나는지 들을 수 있었지. 농부 옆에는 또 다른 먼치킨이 있었는데, 내가 처음 들은 건 농부의 말이었어.

'이 귀 어때?'

그러자 먼치킨이 말하더군.

'똑바르지가 않아.'

그러자 농부가 이렇게 말했어.

'상관없어. 귀가 다 똑같지, 뭐.'

그건 맞는 말이었지. 농부가 또 이렇게 말했어.

'이제 눈을 그릴게.'

그런 다음 농부는 내 오른쪽 눈을 그렸어. 농부가 오른쪽 눈을 다 그리자 난 엄청난 호기심으로 농부와 내 주위의 모든 것들을 둘러보기 시작했지. 왜냐하면 처음으로 세상을 보는 것이었으니까.

농부를 보고 있던 먼치킨이 말했어.

'눈이 참 예쁜데. 눈에는 역시 파란색이 잘 어울려.'

그러자 농부가 말하는 거야.

'다른 쪽 눈은 좀 더 크게 만들래.'

그래서 왼쪽 눈이 다 그려졌을 때 난 그 전보다 좀 더 잘 볼 수 있게 됐지. 그러고 나서 농부는 코와 입을 만들어 줬어. 하지만 난 아무 말도 하지 않았어. 왜냐하면 그때만 하더라도 입을 어디에 쓰는지 몰랐거든. 난 그 두 사람이 내 몸과 팔다리를 만드는 걸 재미있게 보고 있었지. 마지막에 두 사람이 내 머리를 몸에 붙일 때는 정말 으쓱한 기분이 들었어. 난 내가 여느 사람과 똑같다고 생각했거든.

농부가 말했어.

'이 친구가 까마귀를 잘 쫓아낼 거야. 사람이랑 똑같이 생겼으니까.'

그러자 먼치킨이 말했어.

'사람 같은 게 아니라 정말 사람인걸.'

난 그 말에 전적으로 동감했지. 농부는 나를 팔에 끼고는 옥수수밭으로 가더니 장대를 꽂아 네가 처음에 나를 봤던 그곳에 세웠어. 그런 다음 농부와 그 친구는 나를 혼자 남겨 두고 가 버렸지. 난 그렇게 버려지고 싶지 않아서 그들을 쫓아가려고 했지만 발이 땅에 닿지 않는 거야. 어쩔 수 없이 그 장대에 매달린 채로 있어야 했지.

하지만 그렇게 살기엔 너무 외로웠어. 방금 막 만들어진 탓에 생각할 것도 없었으니까. 까마귀들이랑 여러 새들이 옥수수밭으로 날아왔다가 나를 보고는 다시 날아가 버렸지. 내가 먼치킨이라고 생각한 거야. 그걸 보니 기분이 좋아지고 내가 아주 중요한 사람인 것처럼 느껴졌어.

그런데 얼마 후 늙은 까마귀 한 마리가 날아오더니 나를 찬찬히 살피더라. 그러고는 내 어깨 위에 내려앉더니 이렇게 말하는 거야.

'농부가 이런 어설픈 방법으로 나를 속일 수 있다고 생각한 거야? 생각이 있는 까마귀라면 네가 겨우 지푸라기로 채워진 허수아비라는 걸 알 텐데.'

까마귀는 내 발치로 뛰어 내려오더니 먹고 싶은 대로 옥수수를 먹어 치웠지. 내가 그 까마귀를 해치지 않는 걸 본 다른 새들도 날아와서 옥수수를 쪼아 먹었고 잠시 후에는 새들이 떼로 몰려왔어. 난 너무 슬펐어. 결국 난 훌륭한 허수아비가 아니라는 게 밝혀졌으니까.

늙은 까마귀가 이렇게 말하며 나를 위로해 주었어.

'네 머릿속에 뇌만 있었다면 너도 다른 사람들과 똑같았을 텐데. 아니, 그 사람들보다 더 나을지도 모르지. 이 세상에서 가질 만한 가치가 있는 건 뇌뿐이거든. 사람이든 까마귀든 말이야.'

까마귀 떼가 날아가 버리고 난 후 난 그 말을 생각해 보다가 뇌를 얻기 위해 노력해 보기로 결심했어. 다행히 네가 와서 나를 장대에서 내려 주었고 말이야. 네 말을 들어 보니 에메랄드 도시에 도착하면 오즈의 마법사가 나에게 뇌를 줄 것 같은걸."

"너는 정말 뇌를 갖고 싶어 하는 것 같구나. 나도 네가 꼭 소원을 이뤘으면 좋겠어."

도로시가 진심을 다해 말했다.

"아, 그래. 정말 갖고 싶어. 자기가 바보라는 사실을 아는 건 정말 마음이 아프거든."

허수아비가 말했다.

"자, 어서 가자."

도로시가 허수아비에게 바구니를 건네며 말했다.

이제 길옆에는 울타리가 없었고 땅은 울퉁불퉁했다. 저녁이 다 됐을 무렵 그들은 커다란 숲에 이르렀다. 크게 자란 나무들이 가까이 붙어 있어서 서로 맞닿은 가지들이 노란 벽돌길 위로 지붕을 이루고 있었다. 가지들이 빛을 가리고 있어서 나무 아래는 어두컴컴했지만 도로시 일행은 멈추지 않고 숲 속으로 걸어 들어갔다.

"이 길을 따라 숲 속으로 들어간다면 결국에는 숲 밖으로 나갈 수 있을 거야. 이 길 끝에 에메랄드 도시가 있으니 우린 이 길을 따라가야 해."

허수아비가 말했다.

"그걸 모르는 사람이 어디 있어?"

도로시가 말했다.

"맞아. 그걸 아는 데 뇌가 필요했다면 난 그런 말을 하지 못했을 거야. 그러니까 나도 알고 있는 걸 테지."

허수아비가 말했다.

한 시간쯤 지나고 날이 저물었을 때 도로시 일행은 어둠 속을 더듬더듬 걷고 있었다. 도로시는 전혀 앞이 보이지 않았지만 토토는 앞을 볼 수 있었다. 개들은 어둠 속에서도 잘 볼 수 있기 때문이다. 허수아비는 대낮처럼 잘 볼 수 있다고 자신 있게 말했다. 그래서 도로시는 허수아비의 팔을 잡고 간신히 따라갔다.

"하룻밤 묵어갈 만한 곳을 보면 말해. 어둠 속을 걷는 건 매우 불편하니까."

도로시가 말했다.

"오른쪽에 통나무와 나뭇가지로 지은 작은 오두막이 보이는데 그쪽으로 갈까?"

허수아비가 물었다.

"그래, 그러자. 난 너무 지쳤거든."

도로시가 말했다.

허수아비는 오두막까지 도로시를 이끌었다. 오두막 안으로 들어가자 한쪽 구석에 마른 잎으로 만든 침대가 하나 있었다. 침대에 누운 도로시와 토토는 곧바로 잠이 들었다. 절대 지치지 않는 허수아비는 다른 쪽 구석에 서서 아침이 올 때까지 참을성 있게 기다렸다.

5. 양철 나무꾼을 구하다

도로시가 눈을 떴을 때는 나무 사이로 햇빛이 쏟아지고 있었고 토토는 벌써 밖에 나가 새들을 쫓아다니고 있었다. 허수아비는 밤새 서 있던 구석 자리에 여전히 선 채로 도로시가 깨어나기를 기다리고 있었다.

"가서 물을 좀 찾아봐야겠어."

도로시가 허수아비에게 말했다.

"왜 물이 필요한데?"

허수아비가 물었다.

"먼지 가득한 길을 걸었으니 얼굴도 좀 씻어야 하고, 빵과 함께 먹어야 하니까. 마른 빵은 목이 메거든."

허수아비가 곰곰이 생각하더니 말했다.

"육체를 갖고 있는 건 불편한 것 같아. 잠을 자야 하고 음식을 먹어야 하고 물을 마셔야 하니까. 하지만 뇌가 있으니 제대로 생각할 수 있으려면 그 정도 귀찮은 건 감수해야겠지."

도로시 일행은 오두막을 나와 숲 속을 걸어가다가 맑은 물이 샘솟는 작은 웅달샘을 발견했다. 그곳에서 도로시는 물을 마시고 세수를 하고 아침을 먹었다. 도로시는 바구니에 빵이 얼마 남지 않은 걸 보고, 허수아비가 아무것도 먹지 않아도 되는 것이 고맙게 여겨졌다. 바구니에 남아 있는 빵은 도로시와 토토가 그날 하루 동안 먹기에도 빠듯한 양이었기 때문이다.

도로시가 아침을 다 먹고 노란 벽돌길로 돌아가려고 하는데 어디선가 깊은 신음 소리가 들려왔다. 도로시는 깜짝 놀라 두려운 목소리로 물었다.

"무슨 소리지?"

"전혀 모르겠는걸. 가서 확인해 보자."

허수아비가 대답했다.

바로 그때 또 한 번 신음 소리가 들려왔는데, 그 소리는 뒤에서 나는 것 같았다. 도로시 일행은 뒤로 돌아 숲 속으로 몇 걸음 걸어갔다. 도로시는 나무 사이로 쏟아지는 햇빛을 받아 반짝이는 뭔가를 발견하고는 그곳으로 달려갔다. 그러더니 외마디 비명을 지르며 갑자기 멈춰 섰다.

그곳에는 한 부분이 베어져 나간 커다란 나무 한 그루가 서 있었고, 그 옆에는 온통 양철로 만들어진 남자가 손에 도끼를 높이 치켜든 채 서 있었다. 남자의 머리와 팔다리는 몸통에 이어져 있었는데 전혀 움직일 수 없는 듯 미동도 없이 서 있었다.

도로시는 놀라서 그를 쳐다봤다. 허수아비도 마찬가지였다. 토토는 날카롭게 짖어 대며 양철로 된 다리를 물어뜯었지만 이빨만 상했을 뿐이었다.

"네가 신음 소리를 냈니?"

도로시가 물었다.

"그래, 내가 그랬어. 1년도 넘게 끼잉거리고 있었지만 그 소리를 듣고 나를 도와주러 오는 사람은 아무도 없었어."

양철 나무꾼이 말했다.

"뭘 도와줄까?"

도로시는 나무꾼의 슬픈 목소리에 마음이 아파 상냥하게 물었다.

"기름통을 갖고 와서 이음매에 기름칠을 좀 해 줘. 이음매가 심하게 녹슬어서 좀처럼 움직일 수가 없거든. 기름칠만 잘 되면 곧 다시 괜찮아질 텐데 말이야. 내 오두막 선반에 보면 기름통이 있을 거야."

양철 남자가 말했다.

당장 오두막으로 달려가 기름통을 찾아 들고 돌아왔다. 그리고 걱정스러운 목소리로 물었다.

"이음매가 어디야?"

"먼저 내 목에 기름칠을 해 줘."

양철 나무꾼이 말했다.

도로시는 양철 나무꾼의 목에 기름칠을 했다. 너무 심하게 녹이 슬어 있었기 때문에 자유롭게 움직일 수 있을 때까지 허수아비가 양철 머리를 잡고 양쪽으로 부드럽게 움직여 주어야 했다. 양철 나무꾼은 곧 머리를 스스로 돌릴 수 있게 되었다.

"이제 팔에 있는 이음매에 기름칠을 해 줘."

도로시가 팔에 있는 이음매에 기름칠을 하고 허수아비가 조심스레 구부려 주자 녹슨 팔은 거의 새것처럼 자유로워졌다.

양철 나무꾼은 만족스러운 듯 한숨을 내쉬고는 도끼를 내려 나무에 기대어 놓았다.

"정말 편안하다. 녹이 슬고 난 후부터 계속해서 저 도끼를 공중에 들고 있었거든. 이렇게 내려놓을 수 있게 되어서 정말 기뻐. 이제 다리에 있는 이음매에 기름칠을 해 주면 더 좋아질 거야."

도로시가 다리의 이음매에 기름칠을 해 주자 양철 나무꾼은 다리를 자유롭게 움직일 수 있게 되었다. 양철 나무꾼은 자신을 움직일 수 있게 해 줘서 고맙다고 몇 번이고 거듭 말했다. 그는 아주 예의 바르고 감사할 줄 아는 듯했다.

"너희들이 와 주지 않았다면 아마 난 계속해서 서 있었을 거야. 너희들은 내 생명의 은인이야. 그런데 여기는 왜 온 거야?"

양철 나무꾼이 물었다.

"우리는 위대한 오즈를 만나러 에메랄드 도시로 가는 중이야. 하룻밤 묵어가려고 네 오두막에 간 거고."

도로시가 대답했다.

"왜 오즈를 만나고 싶어 하는 건데?"

양철 나무꾼이 물었다.

"난 캔자스로 돌려보내 달라고 할 거고, 허수아비는 머리에 뇌를 넣어 달라고 할 거야."

양철 나무꾼은 잠깐 동안 깊이 생각하는 듯하더니 말했다.

"오즈가 나에게 심장을 줄 수 있을 거라고 생각해?"

"그럴 것 같은데. 허수아비에게 뇌를 줄 수 있다면 네게 심장을 주는 것도 쉬울 거야."

도로시가 말했다.

"맞는 말이야. 그러니 너희들이랑 함께 가도록 허락해 준다면 나도 에메랄드 도시에 가서 오즈에게 도와달라고 부탁할래."

양철 나무꾼이 말했다.

"함께 가자."

허수아비가 진심으로 말했다. 도로시도 양철 나무꾼이 함께 간다면 기쁠 거라고 말했다. 양철 나무꾼은 도끼를 어깨에 멨고, 도로시 일행은 다 함께 숲을 지나 노란 벽돌길로 돌아갔다.

양철 나무꾼은 도로시에게 바구니에 기름통을 넣어 달라고 부탁했다.

"내가 비를 맞아서 다시 녹이 슬면 기름통이 필요할 테니까."

"정말 편안하다." 양철 나무꾼이 말했다.

도로시 일행이 새로운 친구를 맞이한 건 행운이었다. 다시 출발하고 얼마 지나지 않아 나뭇가지가 너무 울창하게 덮여 도무지 지나갈 수 없는 길에 이르렀기 때문이다. 양철 나무꾼은 도끼로 나뭇가지를 자르기 시작하더니 도로시 일행이 지나갈 수 있도록 통로를 만들어 주었다.

도로시는 골똘히 생각에 잠긴 채 걷느라, 허수아비가 구덩이에 걸려 넘어져 길 한쪽으로 굴러가는 것도 알아채지 못했다. 결국 허수아비는 도와달라고 또 한 번 도로시를 불러야 했다.

"왜 구덩이를 돌아가지 않았니?"

양철 나무꾼이 물었다.

"잘 모르겠어. 내 머리는 지푸라기로 채워져 있거든. 그래서 오즈에게 가는 거야. 뇌를 달라고 부탁하려고 말이야."

허수아비가 대답했다.

"아, 알았어. 하지만 뇌가 세상에서 가장 좋은 건 아니야."

양철 나무꾼이 말했다.

"넌 뇌가 있니?"

허수아비가 물었다.

"아니, 내 머리는 텅텅 비어 있지. 하지만 한때는 뇌도 있고 심장도 있었던 경험으로 미루어 보자면, 난 뇌보다는 심장을 갖는 편이 훨씬 더 나은 것 같아."

"어째서?"

허수아비가 물었다.

"내 이야기를 들어 보면 알게 될 거야."

그렇게 해서 숲 속을 걸어가는 동안 양철 나무꾼은 자신의 이야기를 해 주었다.

"난 숲에서 나무를 베어다 팔아서 밥벌이를 하는 나무꾼의 아들로 태어났어. 어른이 되자 나도 나무꾼이 되었지. 아버지가 돌아가신 뒤에는 내가 어머니를 돌봐 드렸어. 어머니마저 돌아가시고 나자 난 혼자 살지 않고 결혼을 하기로 마음먹었어. 외롭게 살고 싶지 않았거든.

난 아름다운 먼치킨 아가씨를 만났고 진심을 다해 사랑하게 되었지. 그녀는 내가 더 좋은 집을 지을 수 있을 만큼 돈을 벌면 나와 결혼하겠다고 약속했어. 그래서 나는 전보다 더욱 열심히 일했지. 그런데 그녀는 한 노파와 살고 있었는데, 그 노파는 아가씨가 결혼하는 것을 원하지 않았어. 그 노파는 너무 게을러서 아가씨가 자신과 살면서 요리도 하고 집안일도 하기를 바랐거든. 그래서 노파는 사악한 동쪽 마녀에게 가서 그녀가 결혼을 못 하게 해 주면 양 두 마리와 소 한 마리를 주겠다고 약속했지.

어느 날이었어. 난 하루빨리 새 집과 아내를 얻고 싶은 마음에 열심히 도끼질을 하고 있었지. 그런데 사악한 마녀가 내 도끼에 주문을 걸었고, 마법에 걸린 도끼는 갑자기 미끄러지더니 내 왼쪽 다리를 자르고 말았어. 처음엔 그 일이 엄청난 불행으로 여겨졌어. 다리가 하나인 사람은 좋은 나무꾼이 될 수 없다는 걸 난 알고 있었거든. 그래서 양철공에게 가서 양철로 새 다리를 만들어 달라고 했지.

양철 다리에 익숙해지자 난 양철 다리가 아주 마음에 들었어. 하지만 내 행동에 사악한 동쪽 마녀는 화가 났지. 왜냐하면 동쪽 마녀는 내가 아름다운 먼치킨 아가씨와 결혼하지 못하도록 하겠다고 노파에게 약속했으니까. 내가 다시 나무를 자르기 시작했을 때 도끼가 또 미끄러지더니 내 오른쪽 다리마저 잘라 버렸지. 난 다시 양철공을 찾아갔고 양철공은 양철로 다리를 만들어 주었어. 그다음에 마법에 걸린 도끼는 내 양쪽 팔을 차례대로 잘라 냈지. 하지만 난 전혀 굴하지 않고 양철 팔로 바꾸었어. 사악한 마녀는 또다시 도끼를 미끄러지게 해서 이번에는 내 목을 잘라 버렸어. 그때는 나도 이제 죽었다고 생각했지. 그런데 양철공이 우연히 지나가다가 나를 보고는 양철 머리를 만들어 준 거야.

난 이제 사악한 마녀를 물리친 거라고 생각하며 전보다 더 열심히 일했어. 하지만 난 내 적수가 얼마나 잔인한지 잘 몰랐던 거야. 마녀는 아름다운 먼치킨 아가씨를 향한 내 사랑을 없애 버릴 새로운 방법을 생각해 냈지. 또 한 번 미끄러진 도끼는 내 몸을 정확하게 관통해 지나갔고 내 몸은 두 동강이 나고 말았어. 양철공은 다시 한 번 더 나를 도와주러 와서는 양철 몸통을 만든 다음 그 몸통에 양철 팔다리와 머리를 이음매로 조여 주었지. 그래서 난 전과 다름없이 몸을 자유롭게 움직일 수 있었어.

그런데, 세상에! 심장이 없었던 거야! 결국 먼치킨 아가씨를 향한 사랑을 잃은 나는 결혼을 하든 말든 그런 건 아무렇지도 않게 됐어. 아마 아가씨는 아직도 내가 찾아와 주길 바라며 그 노파와 함께 살고 있을 거야.

난 내 몸이 햇빛을 받아 반짝이는 걸 보고 있으면 무척 자랑스러웠어. 이제는 도끼가 미끄러진다고 해도 상관없었지. 나를 베지 못할 테니 말이야. 딱 하나 걱정이 있긴 했어. 이음매가 녹슬지도 모른다는 위험 말이야. 그래서 나는 오두막에 기름통을 두고 필요할 때마다 스스로 기름칠을 하며 내 몸을 돌봤지. 그런데 어느 날 기름칠하는 걸 깜빡하고 말았어. 때마침 폭풍우를 만났고 이음매는 온통 녹이 슬고 말았지. 결국 난 숲 속에 홀로 서 있게 됐어. 그때 너희들이 이렇게 와서 나를 구해 준 거고.

정말 견디기 힘든 시간이었지만, 그렇게 홀로 서 있는 동안 곰곰이 생각해 보니 내가 잃은 것 중 가장 큰 것은 심장이라는 생각이 들었어. 사랑에 빠져 있는 동안 나는 세상에서 가장 행복한 사람이었지만 심장이 없는 사람은 사랑을 할 수 없으니까. 난 오즈에게 심장을 달라고 부탁해 볼 거야. 오즈가 심장을 주면 먼치킨 아가씨를 다시 찾아가 결혼할 거야."

양철 나무꾼의 이야기를 아주 재미있게 듣고 있던 도로시와 허수아비는 왜 그가 그토록 새 심장을 얻고 싶어 하는지 알게 됐다.

"그래도 난 심장보다는 뇌를 달라고 할 거야. 바보는 심장이 있어도 그 심장으로 뭘 할지 모르니까."

허수아비가 말했다.

"난 심장을 택하겠어. 뇌가 있다고 해서 행복하지는 않아. 행복은 세상에서 가장 가치 있는 것이거든."

양철 나무꾼이 말했다.

도로시는 어느 쪽이 옳은지 알 수 없어 아무 말도 하지 않았다. 엠 숙모가 있는 캔자스로 돌아가기만 한다면 나무꾼에게 뇌가 있든 없든, 허수아비에게 심장이 있든 없든, 그들이 원하는 것을 갖든 어떻든 그런 건 중요하지 않을 것 같았다.

도로시의 가장 큰 걱정거리는 이제 빵이 얼마 남지 않았기 때문에 토토와 함께 한 끼만 더 먹으면 바구니가 비어 버릴 거라는 점이었다. 분명히 나무꾼과 허수아비는 아무것도 먹지 않겠지만, 도로시는 양철이나 지푸라기로 만들어지지 않았으므로 먹지 않고서는 살 수 없으니 말이다.

6. 겁쟁이 사자

도로시 일행은 줄곧 울창한 숲 속을 걷고 있었다. 변함없이 노란 벽돌이 깔려 있는 길이었지만 나무에서 떨어진 마른 나뭇가지와 낙엽이 수북이 쌓여 있어서 걷기가 불편했다.

그곳에는 새들도 날아다니지 않았다. 새들은 햇살이 쏟아지는 탁 트인 곳을 좋아하기 때문이다. 이따금 나무 사이에 숨은 사나운 짐승들이 으르렁거리는 소리가 들려오기도 했다. 무슨 소리인지 모르지만 도로시는 가슴이 쿵쾅거렸다. 반면 그것들이 무슨 소리인지 아는 토토는 그쪽을 향해 짖지 않고 도로시 곁에 바짝 붙어 걸었다.

"얼마나 더 가야 이 숲을 빠져나갈 수 있을까?"

도로시가 양철 나무꾼에게 물었다.

"나도 모르지. 난 에메랄드 도시에 가 본 적이 없거든. 하지만 내가 어렸을 때 우리 아버지가 그곳에 한 번 가 본 적이 있는데 위험한 숲을 지나 한참 가야 한다고 했어. 하지만 오즈가 살고 있는 도시에 가까이 갈수록 숲은 아름답대. 기름통이 있는 한 나는 아무것도 두렵지 않아. 허수아비를 해칠 것도 없을 테고, 넌 착한 마녀의 입맞춤 자국이 지켜 줄 테지."

"하지만 토토는! 토토는 누가 지켜 주지?"

도로시가 걱정스러운 얼굴로 물었다.

"토토가 위험에 처하면 우리가 지켜야지."

양철 나무꾼이 대답했다.

양철 나무꾼이 막 그렇게 말했을 때 숲에서 짐승이 포효하는 무시무시한 소리가 들리더니 커다란 사자 한 마리가 길로 뛰어들었다. 사자가 앞발로 한 번 치자 허수아비는 빙글빙글 돌며 길 끝으로 나동그라졌다. 그다음에 사자는 날카로운 발톱으로 양철 나무꾼을 공격했다. 나무꾼은 길 위에 쓰러져 널브러졌지만 놀랍게도 양철에는 아무런 흔적도 남지 않았다.

드디어 적을 마주하게 된 토토는 큰 소리로 짖어 대며 사자를 향해 달려들었다. 그러자 커다란 사자는 토토를 물려는 듯 입을 쫙 벌렸다. 도로시는 혹시 토토가 죽임이라도 당할까 봐 겁도 없이 달려가 사자의 콧잔등을 있는 힘껏 후려치며 소리쳤다.

"토토를 물기만 해 봐! 부끄러운 줄 알아야 할 거야. 너처럼 덩치 큰 짐승이 작고 불쌍한 강아지나 물고 말이야!"

"난 강아지를 물지 않았어."

사자는 도로시가 때린 곳을 앞발로 문지르며 말했다.

"물려고 했잖아. 덩치 큰 겁쟁이 주제에."

도로시가 쏘아붙였다.

그러자 사자가 부끄러움에 고개를 숙이며 말했다.

"나도 알아. 잘 알고 있다고. 하지만 난 원래 그런걸."

"그건 내가 알 바 아니야! 지푸라기로 만들어진 가엾은 허수아비를 치다니 정말 한심하다."

"지푸라기로 만들어졌다고?"

깜짝 놀란 사자는 도로시가 허수아비를 일으켜 세워서는 손으로 툭툭 쳐 원래 모습대로 만드는 것을 지켜보며 물었다.

"그래."

아직도 화가 풀리지 않은 도로시가 퉁명스럽게 대꾸했다.

"그래서 그렇게 쉽게 날아가 버린 거구나. 빙글빙글 돌아가는 걸 보고 깜짝 놀랐거든. 저기 저것도 지푸라기로 채운 거니?"

사자가 물었다.

"아니, 양철로 만들었어."

도로시는 양철 나무꾼이 일어나는 것을 도와주었다.

"그래서 내 발톱이 그렇게 부러질 뻔한 거로구나. 양철을 긁으면 등에 소름이 쫙 돈다니까. 그럼 네가 그렇게 아끼는 저 조그만 동물은 뭐니?"

"내 강아지 토토야."

"저 강아지도 양철로 만들어졌니? 아니면 지푸라기로 만들어진 거야?"

"아니. 토토는, 음…… 살로 만들어졌어."

"아! 정말 이상한 동물이구나. 지금 보니 진짜 작다. 나 같은 겁쟁이 말고는 아무도 이렇게 조그만 것을 물 생각은 하지 않을 거야."

사자가 슬픈 목소리로 말했다.

"어쩌다 겁쟁이가 된 거니?"

도로시는 궁금한 얼굴로 그 커다란 짐승을 바라보며 물었다. 사자는 작은 말만 한 덩치였다.

"그게, 나도 잘 모르겠어. 태어나길 그렇게 태어난 것 같아. 숲 속에 사는 다른 모든 동물들은 내가 당연히 용감할 거라고 기대하지. 왜냐하면 다들 사자는 맹수의 왕이라고 알고 있으니까. 난 내가 아주 큰 소리로 으르렁거리면 모두들 겁에 질려 길을 비켜 준다는 것을 알고 있어. 하지만 난 사람을 만날 때마다 끔찍하게 무서웠어. 그런데 내가 사람을 향해 한 번 으르렁 소리를 내면 사람들은 언제나 걸음아 날 살려라 하고 달아나더군. 코끼리나 호랑이, 곰이 나에게 덤볐다면 난 도망가야 했을 거야. 난 정말 겁쟁이니까. 그런데 그들도 내 울음소리를 듣기만 하면 모두 도망가기 바빠. 물론 난 그들이 도망가게 그냥 두지."

"하지만 그건 말도 안 돼. 맹수의 왕은 겁쟁이여서는 안 되니까."

허수아비가 말했다.

그러자 사자는 눈에서 흐르는 눈물을 꼬리 끝으로 닦으며 말했다.

"나도 알아. 내가 겁쟁이라는 사실은 내게 있어 가장 큰 슬픔이자 내 삶을 불행하게 하는 원인이지. 위험에 처할 때마다 내 심장은 쿵쾅쿵쾅 뛰기 시작해."

"심장병이 있나 보구나."

양철 나무꾼이 말했다.

"그럴지도 모르지."

사자가 대답했다.

"심장병이 있다면 기뻐해야 해. 왜냐하면 심장이 있다는 증거니까. 난 심장이 없어서 심장병에 걸릴 수도 없거든."

양철 나무꾼이 말했다.

"만약 내가 심장이 없다면 겁쟁이가 아니었을지도 모르지."

사자가 생각에 잠겨 말했다.

"뇌는 있니?"

허수아비가 물었다.

"그런 것 같아. 찾아보진 않았지만 말이야."

사자가 대답했다.

"난 위대한 오즈에게 뇌를 달라고 부탁할 거야. 내 머리는 지푸라기로 채워져 있거든."

허수아비가 말했다.

"난 심장을 달라고 부탁할 거야."

양철 나무꾼이 말했다.

"난 토토와 함께 캔자스로 돌아갈 수 있게 해 달라고 부탁할 거야."

도로시가 이어서 말했다.

"너희들 생각엔 오즈가 나에게 용기를 줄 수 있을 거 같니?"

겁쟁이 사자가 물었다.

"나에게 뇌를 줄 수 있다면 너에게 용기를 주는 것도 어렵지 않겠지."

허수아비가 말했다.

"내게 심장을 줄 수 있다면."

양철 나무꾼이 말했다.

"나를 캔자스로 보내 줄 수 있다면."

도로시가 말했다.

"그럼 말이야, 괜찮다면 나도 너희랑 함께 가고 싶어. 용기 없는 내 삶은 정말 견딜 수 없거든."

사자가 말했다.

"대환영이야. 너랑 함께 가면 다른 짐승들이 우리에게 얼씬대지 못할 테니까. 짐승들이 너 때문에 그렇게 쉽게 겁을 먹는걸 보면 그들이 너보다 더 겁쟁이인 것 같은데."

도로시가 말했다.

"짐승들이 겁쟁이인 건 맞아. 하지만 그렇다고 해서 내가 용감해지는 건 아니야. 그리고 내가 겁쟁이라는 사실을 아는 한 난 불행해."

사자가 말했다.

그렇게 해서 도로시 일행은 사자와 함께 출발하게 됐다. 사자는 도로시 옆에서 위풍당당하게 성큼성큼 걸어갔다. 처음에 토토는 이 새로운 동료를 받아들이고 싶지 않았다. 사자의 커다란 입속에 뭉개질 뻔했던 사실을 잊을 수가 없었기 때문이다. 하지만 시간이 흐를수록 토토는 사자가 편해졌고 이윽고 토토와 겁쟁이 사자는 좋은 친구 사이가 되었다.

그리고 그날 하루에는 그들의 평화로운 여행을 깨뜨릴 사건이 일어나지 않았다. 다만 양철 나무꾼이 길을 따라 기어가고 있는 딱정벌레를 밟아 가엾게도 그 작은 것을 죽이고 만 일이 있었다. 살아 있는 생명체가 다치지 않도록 언제나 조심하던 나무꾼은 이 일로 너무 가슴이 아파 슬픔과 후회의 눈물을 흘리며 한참을 걸어갔다. 그런데 눈물이 그의 얼굴을 타고 턱의 이음매 부분으로 흘러내리는 바람에 이음매가 녹슬어 버리고 말았다. 잠시 후 도로시가 뭔가 질문을 했는데 나무꾼은 턱이 녹슬어 딱 붙은 채 입을 열 수가 없었다. 나무꾼은 그 상황이 너무 두려워서 자신을 도와달라고 손짓 발짓을 했지만 도로시는 그 몸짓을 이해할 수 없었다. 사자도 뭐가 잘못된 건지 도무지 알지 못했다. 그때 허수아비가 도로시의 바구니에서 기름통을 꺼내 나무꾼의 턱에 기름칠을 해 주었고 잠시 후 나무꾼은 이전처럼 말을 할 수 있게 되었다.

"어디에 발을 디딜지 잘 살피며 걸어야 한다는 사실을 깨닫게 됐어. 또다시 벌레를 죽이면 난 분명히 또 울게 될 거고, 눈물을 흘리면 턱이 녹슬어 말할 수 없게 될 테니 말이야."

양철 나무꾼이 말했다.

그 이후로 나무꾼은 땅을 내려다보며 아주 조심스레 걸었다. 열심히 기어가고 있는 작은 개미 한 마리라도 발견하면, 혹 그 개미를 죽이기라도 할까 봐 개미가 없는 곳을 골라 발을 디뎠다. 나무꾼은 자신에게 심장이 없다는 걸 잘 알고 있었기 때문에 그 어떤 것에도 잔인하거나 불친절하지 않으려 무척 애썼다.

"너희들은 심장이 있기 때문에 그 심장이 시키는 대로 하면 잘못할 일이 없겠지. 하지만 난 심장이 없어서 무슨 일이든 아주 조심해야 해. 하지만 이제 오즈가 심장을 주면 그렇게 많이 신경 쓰지 않아도 되겠지."

7. 위대한 오즈에게 가는 길

근처에 집이 한 채도 없어서 도로시 일행은 숲 속의 커다란 나무 아래에서 하룻밤을 묵어야 했다. 나무가 아주 든든하게 가려 주어 이슬을 피할 수 있었다. 양철 나무꾼이 도끼로 잘라 준 나무를 수북하게 쌓아 피워 올린 멋진 모닥불 덕에 몸이 따뜻해지자 도로시는 한결 덜 외로웠다. 하지만 토토와 함께 남은 빵을 다 먹고 나니 아침에는 뭘 먹어야 할지 걱정되었다.

사자가 말했다.

"원한다면 내가 숲 속에 가서 사슴 한 마리를 잡아 올게. 너희 인간들은 독특하게도 익힌 음식을 좋아하니까 사슴을 불에 구우면 아주 훌륭한 아침 식사를 하게 될 거야."

"안 돼! 제발 하지 마!"

양철 나무꾼이 애원했다.

"네가 가엾은 사슴을 죽이면 난 또 분명히 눈물을 흘리고 말거야. 그러면 내 턱은 다시 녹슬 거고."

하지만 사자는 숲으로 들어가 자신만의 저녁거리를 찾았다. 사자가 말을 하지 않았기 때문에 무엇을 먹었는지는 아무도 알 수 없었다.

허수아비는 호두가 잔뜩 열린 나무를 찾아서 도로시가 한동안 먹을 수 있도록 바구니에 호두를 가득 담아 주었다. 도로시는 허수아비가 아주 친절하고 생각이 깊다고 생각했지만, 가엾은 허수아비가 호두를 따는 어설픈 모습을 보고는 그만 배를 잡고 웃고 말았다. 천을 덧대 만든 손은 무척 서투른 데다가 호두는 너무 작아서 바구니에 넣은 양과 바구니 밖에 흘린 양이 거의 비슷했다. 하지만 허수아비는 바구니에 호두를 담는 게 얼마나 오래 걸리든 상관하지 않았다. 호두를 담는 동안은 모닥불에서 멀리 떨어져 있을 수 있기 때문이었다. 허수아비는 불꽃이 지푸라기에 튀어 홀랑 타 버릴까 봐 무서웠다. 딱 한 번, 도로시가 자려고 누웠을 때 조심스레 모닥불 근처로 다가가 도로시에게 마른 잎을 덮어 준 것을 빼고 허수아비는 계속해서 모닥불에서 멀찍이 떨어져 있었다. 허수아비가 덮어 준 마른 잎 덕에 도로시는 포근하고 따뜻하게 아침까지 푹 잘 수 있었다.

아침이 밝자 도로시는 작은 시냇가에서 세수를 하고 다시 친구들과 함께 에메랄드 도시를 향해 길을 떠났다. 그날은 도로시 일행 앞에 아주 많은 일이 펼쳐지게 될 하루였다.

출발 후 한 시간도 채 걷지 않았을 때 그들 앞에 길을 가로지르며 흐르는 커다란 수로가 나타났다. 수로 건너편으로는 끝이 보이지 않을 정도로 넓은 숲이 펼쳐져 있었다. 아주 넓은 수로였다. 길 끝으로 기어가 아래를 내려다보니 아주 깊었고 바닥에는 크고 뾰족한 바위들이 많았다. 비탈은 아주 가팔라 아무도 내려갈 수 없었다. 이제 더 이상 여행을 할 수 없을 것 같았다.

"어떻게 하지?"

도로시가 절망적인 목소리로 물었다.

"아무 생각도 떠오르지 않아."

양철 나무꾼이 말했다.

사자는 갈기를 흔들며 생각에 잠겼다.

그때 허수아비가 말했다.

"우리가 날 수 없는 건 분명해. 그렇다고 이렇게 깊은 수로로 내려가는 것도 불가능하지. 이제 우리는 여기서 여행을 멈춰야 할지도 몰라. 이 수로를 뛰어넘지 않는다면 말이야."

"내가 뛰어넘을 수 있을 것 같은데."

겁쟁이 사자가 마음속으로 찬찬히 거리를 재어 보더니 말했다.

"그럼 됐네. 네가 우리를 하나씩 등에 업는 거야."

허수아비가 말했다.

"그럼 한번 해 볼게. 누가 먼저 갈래?"

사자가 말했다.

"내가 갈게."

허수아비가 자신 있게 나섰다.

"네가 도로시를 업고 이 수로를 뛰어넘지 못하면 도로시는 죽고 말 거야. 양철 나무꾼을 업고 뛰어넘지 못하면 나무꾼은 저 아래 바위에 부딪혀 심하게 찌그러질 테지. 하지만 난 떨어지더라도 전혀 다치지 않을 테니 내가 네 등을 타는 게 가장 나을 거야."

그러자 겁쟁이 사자가 말했다.

"떨어질까 봐 정말 무서워. 하지만 시도해 보는 수밖에. 자, 내 등에 올라타. 우리 함께 해보자."

허수아비가 등에 올라타자 집채만 한 사자는 길 끝으로 걸어가더니 몸을 웅크리고 앉았다.

"왜 달려가서 뛰어넘지 않는 거야?"

허수아비가 묻자 사자가 대답했다.

"우리 사자들은 그런 식으로 하지 않아."

그러고는 있는 힘껏 뛰어 오르더니 허공을 가르며 날아 반대편에 안전하게 착지했다. 사자가 수월하게 뛰어넘는 모습을 보고 다들 굉장히 기뻐했다. 허수아비가 등에서 내려오자 사자는 다시 수로를 뛰어 건너왔다.

이번에는 도로시가 토토를 팔에 안고 사자의 등에 올라탔다.

한 손으로 사자의 갈기를 단단히 잡은 순간 도로시는 하늘을 나는 듯한 기분이 들었는데, 미처 무엇을 생각하기도 전에 수로 건너편에 안전하게 내려와 있었다. 사자는 다시 건너편으로 뛰어넘어 가 마지막으로 양철 나무꾼을 데리고 왔다.

사자가 쉴 수 있도록 한동안 다 같이 풀밭에 앉아 있었다. 온 힘을 다해 뛰어오르느라 숨이 가빠진 사자는 오랜 시간 달린 큰 개처럼 숨을 헐떡였다.

수로 건너 이쪽 숲은 아주 울창해서 어둡고 음침해 보였다. 사자가 충분히 쉬고 나자 도로시 일행은 노란 벽돌길을 따라 다시 걷기 시작했다. 다들 입 밖으로 내어 말하지는 않았지만 과연 숲 끝에 도달해서 밝은 햇빛을 다시 볼 수 있을까, 마음속으로 걱정하고 있었다. 그런데 이들의 불안함을 더하는 일이 벌어졌다. 깊은 숲 속 어딘가에서 낯선 소리가 들린 것이다. 사자는 이쪽 숲에 칼리다들이 살고 있다고 나직이 설명해 주었다.

"칼리다가 뭐야?"

도로시가 묻자 사자가 대답했다.

"몸은 곰처럼 생기고 머리는 호랑이처럼 생긴 괴물 같은 짐승들이지. 그들은 내가 토토를 죽일 수 있는 것만큼 손쉽게, 그 길고 날카로운 발톱으로 나를 둘로 찢어 버릴 수 있을걸. 난 칼리다가 정말 무서워."

"네가 그렇게 무서워하는 것을 보니 끔찍한 짐승들이 분명해."

도로시가 말했다.

사자가 그 말에 막 대답하려는데 앞에 길을 가로지르는 수로가 또 하나 나타났다. 그런데 어찌나 넓고 깊은지, 사자는 자신이 뛰어서 건널 수 없으리라는 것을 단박에 알 수 있었다.

도로시 일행은 앉아서 어떻게 할까 고민에 빠졌다. 한참 심각하게 생각을 하던 허수아비가 말했다.

"수로 바로 옆에 서 있는 저 커다란 나무 말이야. 나무꾼이 베어서 저쪽 반대편으로 쓰러뜨리면 우리는 손쉽게 나무 위를 걸어서 건너 갈 수 있을 거야."

"정말 좋은 생각이야. 누가 네 머리에 뇌가 아닌 지푸라기가 들었다고 생각할 수 있겠니?"

사자가 말했다.

나무꾼은 당장 나무를 베기 시작했다. 도끼가 어찌나 날카로운지 나무는 금방이라도 넘어갈 것 같았다. 그때 사자가 자신의 강한 앞발을 나무에 대고 온 힘을 다해 밀었다. 그 큰 나무는 천천히 넘어가더니 쿵 소리와 함께 수로를 가로지르며 쓰러졌고 나무 꼭대기의 가지들은 수로 반대편에 걸쳐졌다.

도로시 일행이 이 독특한 외나무다리를 막 건너기 시작하는데 뒤에서 날카롭게 으르렁거리는 소리가 들렸다. 일제히 돌아보니 몸은 곰, 머리는 호랑이 같이 생긴 커다란 괴물 두 마리가 그들을 향해 달려오고 있었다. 순간 다들 오싹해졌다.

"칼리다들이다!"

겁쟁이 사자가 덜덜 떨기 시작했다.

"얼른! 다리를 건너자!"

허수아비가 소리쳤다.

도로시가 토토를 품에 안고 먼저 건넜고 양철 나무꾼과 허수아비가 차례대로 건넜다. 물론 사자도 무척 겁이 났지만 칼리다들을 마주하고 서서는 큰 소리로 으르렁거렸다. 도로시는 그 소리에 놀라 비명을 질렀고 허수아비는 뒤로 넘어졌다. 무시무시한 짐승들조차 놀라서 그 자리에 우뚝 멈춰 서서는 사자를 쳐다보았다.

하지만 자기들이 사자보다 덩치도 크고, 사자는 혼자인데 반해 자기들은 둘이라는 사실을 떠올린 칼리다들은 다시 사자를 향해 달려들었다. 외나무다리를 건너온 사자가 뒤를 돌아보았을 때 칼리다들은 조금도 머뭇거리지 않고 나무를 건너기 시작했다. 그 모습을 본 사자가 도로시에게 말했다.

"우리가 졌어. 저놈들이 날카로운 발톱으로 우리를 갈기갈기 찢어 놓을 게 분명해. 하지만 내 뒤에 바짝 붙어 서. 내가 살아 있는 동안은 저놈들과 끝까지 싸울 테니까."

"잠깐만!"

그사이 줄곧 좋은 방법을 궁리하던 허수아비가 소리쳤다. 허수아비는 나무꾼에게 수로의 이쪽에 걸쳐진 나무의 끝을 잘라 버리라고 말했다. 그 말을 들은 나무꾼은 당장 나무를 자르기 시작했고, 두 칼리다가 거의 다 건너왔을 때 나무는 우지끈 소리와 함께 저 아래 깊은 곳으로 떨어졌다. 흉측한 짐승 두 마리는 으르렁대며 나무와 함께 떨어지더니 바닥에 있는 날카로운 바위에 부딪혀 산산이 부서지고 말았다.

겁쟁이 사자가 안도의 한숨을 길게 내쉬며 말했다.

"아, 좀 더 오래 살 수 있게 돼서 정말 다행이야. 죽는다는 건 아주 불행한 일이니까. 저놈들이 어찌나 무서웠는지 아직도 심장이 쿵쾅거리네."

"아, 나도 쿵쾅거리는 심장이 있다면!"

양철 나무꾼이 슬픈 목소리로 말했다.

이 일로 더욱더 숲에서 나가고 싶어진 도로시 일행은 걸음을 재촉했다. 빨리 걷느라 지친 도로시는 사자 등에 올라타야 했다. 다행히도 앞으로 걸어갈수록 나무들은 드문드문해졌다. 그런데 오후에 들어서자 갑자기 그들 앞에 넓고 물살이 빠른 강이 나타났다. 강 건너로 노란 벽돌길이 아름다운 숲으로 이어지고 있는 게 보였다. 초록 들판 곳곳에는 꽃들이 환하게 피어 있었고 벽돌길 옆으로 맛있는 과일이 잔뜩 열린 나무들이 죽 늘어서 있었다. 눈앞에 펼쳐진 아름다운 풍경에 다들 몹시 행복해졌다.

"이 강을 어떻게 건널까?"

도로시가 물었다.

"쉽게 건널 수 있어. 양철 나무꾼이 뗏목을 만들면 그걸 타고 저쪽으로 건너가는 거야."

허수아비가 말했다.

양철 나무꾼은 도끼를 잡더니 뗏목을 만들 작은 나무를 베기 시작했다. 나무꾼이 바쁘게 나무를 베는 동안 허수아비는 강둑에서 맛있는 과일이 열린 나무 한 그루를 찾아냈다. 하루 종일 먹은 거라고는 호두뿐이었던 도로시는 기뻐하며 잘 익은 과일을 실컷 먹었다.

양철 나무꾼이 아무리 지치지 않고 부지런히 일한다 하더라도 뗏목을 만드는 일은 시간이 많이 걸리기 때문에 밤이 되도록 뗏목은 완성되지 않았다. 도로시 일행은 나무 아래 아늑한 자리를 찾아 아침까지 편안하게 잠을 잤다. 도로시는 에메랄드 도시와 자신을 다시 고향으로 보내 줄 착한 마법사 오즈의 꿈을 꾸었다.

8. 죽음의 양귀비 들판

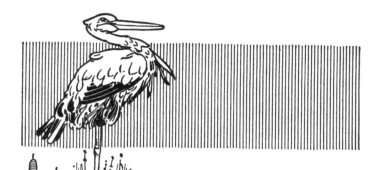

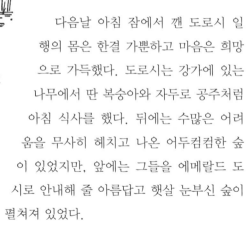

다음날 아침 잠에서 깬 도로시 일
행의 몸은 한결 가뿐하고 마음은 희망
으로 가득했다. 도로시는 강가에 있는
나무에서 딴 복숭아와 자두로 공주처럼
아침 식사를 했다. 뒤에는 수많은 어려
움을 무사히 헤치고 나온 어두컴컴한 숲
이 있었지만, 앞에는 그들을 에메랄드 도
시로 안내해 줄 아름답고 햇살 눈부신 숲이
펼쳐져 있었다.

지금은 넓은 강이 그 아름다운 땅으로부터
도로시 일행을 막아서고 있었다. 그러나 뗏목
이 거의 완성되어 가고 있었다. 양철 나무꾼이 나

무 몇 그루를 더 잘라 나무못으로 연결하자 마침내 떠날 준비가
끝났다. 도로시는 토토를 품에 안고 뗏목 가운데 앉았다. 겁쟁
이 사자가 뗏목에 발을 디디는 순간 뗏목이 심하게 기울어졌다.
사자는 엄청나게 크고 무겁기 때문이었다. 하지만 허수아비와
양철 나무꾼이 재빨리 반대편에 서서 균형을 잡고 손에 든 장대
로 뗏목을 강으로 밀어냈다.

처음에는 꽤 잘 나아가는 듯했다. 하지만 강 한가운데쯤 다다
르자 급류가 뗏목을 아래로 밀어 내더니 뗏목은 노란 벽돌길에
서 점점 더 멀어지기 시작했다. 강물은 점점 더 깊어져서 장대도
강바닥에 닿지 않았다.

"큰일 났네. 땅에 닿지 못하면 사악한 서쪽 마녀의 나라로 떠
내려가고 말 텐데. 그러면 서쪽 마녀는 우리에게 마법을 걸어 노
예로 만들어 버릴 거야."

양철 나무꾼이 말했다.

"그러면 난 뇌를 얻지 못할 거야."

허수아비가 말했다.

"그러면 난 용기를 얻지 못할 거고."

겁쟁이 사자가 말했다.

"그러면 난 심장을 얻지 못할 테지."

양철 나무꾼이 말했다.

"그러면 난 캔자스로 돌아가지 못할 거야."

도로시가 말했다.

"우린 꼭 에메랄드 도시에 가야 해."

허수아비가 장대를 세게 밀자 강바닥의 진흙에 장대가 꽂히고 말았다. 그 순간 허수아비가 장대를 다시 뽑거나 그냥 손을 놓았어야 했는데 그러지 못했고, 그사이 뗏목은 더 멀리 떠내려가고 말았다. 가엾은 허수아비는 장대에 매달린 채 강 한가운데에 혼자 남겨지고 말았다.

"안녕!"

허수아비가 친구들에게 외쳤다. 친구들은 허수아비를 혼자 남겨 두게 되어 안타까웠다. 울기 시작하던 양철 나무꾼은 다행히 녹슬지도 모른다는 사실을 떠올리고는 도로시의 앞치마로 얼른 눈물을 닦았다.

물론 이 일은 허수아비에게 나쁜 일이었다.

'처음 도로시를 만났을 때보다 상황이 더 나빠졌어. 옥수수밭 장대에 매달려 있었을 때는 그래도 내가 까마귀들을 내쫓고 있다고 믿었거든. 하지만 강 한가운데 꽂힌 장대에 매달려 있는 허수아비는 아무 소용이 없어. 결국 난 뇌를 얻지 못하고 말 거야!'

허수아비를 홀로 남겨 둔 채 뗏목은 강물을 타고 떠내려가 버렸다.

그때 사자가 말했다.

"어떻게든 살아야 해. 내가 뗏목을 끌고 강가로 헤엄쳐 갈 테니 너희들은 내 꼬리 끝만 꼭 잡고 있어."

사자는 물속으로 뛰어들었고 양철 나무꾼이 사자의 꼬리를 단단히 붙잡았다. 사자는 온 힘을 다해 강가를 향해 헤엄치기 시작했다. 그것은 아무리 덩치 큰 사자라고 해도 힘든 일이었다. 도로시도 양철 나무꾼의 장대를 잡고 뗏목을 강가로 미는 것을 도왔고 차츰 뗏목은 급류를 벗어났다.

마침내 뗏목이 강가에 닿았다. 초록 잔디밭에 내려섰을 때는 다들 기진맥진한 상태가 되었다. 그리고 그들은 곧 급류에 떠밀려 와 에메랄드 도시로 가는 노란 벽돌길에서 한참 벗어났다는 것을 알게 됐다.

"우린 이제 어떻게 하지?"

양철 나무꾼이 물었다. 사자는 잔디에 누워 햇볕에 몸을 말리고 있었다.

"어떻게 해서든 다시 노란 벽돌길로 돌아가야지."

도로시가 말했다.

"가장 좋은 방법은 다시 벽돌길에 닿을 때까지 강둑을 따라 계속 걸어가는 거야."

사자가 말했다.

모두 다 충분히 쉬고 나자 도로시는 바구니를 들었다. 그리고 벽돌길로 돌아가기 위해 자신들이 떠내려온 강가에서부터 풀이 자란 강둑을 따라 걸어가기 시작했다. 꽃들이 만발하고 열매가 달린 나무도 많으며 햇볕마저 즐거운 아름다운 숲이었다. 가엾은 허수아비에 대한 안타까운 마음만 아니었다면 그들은 아주 행복했을 것이다.

딱 한 번 도로시가 예쁜 꽃을 꺾으려고 멈춰 섰을 뿐, 다들 가능한 한 빨리 걸었다. 한참 후 양철 나무꾼이 소리쳤다.

"저길 봐!"

양철 나무꾼이 가리키는 곳을 보니 강 한가운데에 꽂힌 장대 위에 허수아비가 올라앉아 있었다. 아주 외롭고 슬퍼 보였다.

"허수아비를 구할 방법이 없을까?"

도로시가 물었다.

사자와 양철 나무꾼은 둘 다 고개를 저었다. 그들도 어떻게 해야 할지 알 수가 없었기 때문이다. 그래서 다들 강둑에 앉아 안타까운 마음으로 허수아비를 바라만 보았다. 그때 황새 한 마리가 날아가다가 그들을 보고는 강가에 내려앉았다.

"너희들은 누구니? 어디로 가는 거야?"

황새가 물었다.

"난 도로시고 여긴 내 친구인 양철 나무꾼과 겁쟁이 사자야. 우린 에메랄드 도시로 가고 있어."

"여긴 에메랄드 도시로 가는 길이 아닌데."

황새는 긴 목을 비비 꼬면서 이 이상한 여행자들을 매섭게 쳐다보았다.

"알아. 그런데 우리는 허수아비 친구를 잃었거든. 어떻게 하면 허수아비를 다시 구해 낼 수 있을까 생각하고 있었어."

도로시가 대답했다.

"어디에 있는데?"

황새가 물었다.

"강 저쪽에."

도로시가 대답했다.

"너무 크거나 무겁지만 않다면 내가 데려다 줄 수 있을 텐데."

황새가 말했다.

그러자 도로시가 간절한 목소리로 말했다.

"조금도 무겁지 않아. 지푸라기로 채워져 있거든. 네가 허수아비를 데려다 준다면 정말, 정말 고마울 거야."

"그럼 한번 해 볼게. 하지만 너무 무거우면 강에 떨어뜨릴지도 몰라."

황새가 말했다.

그 큰 새는 공중으로 날아오르더니 강물 한가운데에 꽂힌 장대 위에 올라앉은 허수아비를 향해 날아갔다. 그런 다음 큰 발톱으로 허수아비의 팔을 꽉 잡더니 공중으로 날아올라 도로시와 사자, 양철 나무꾼, 토토가 앉아 있는 강둑으로 돌아왔다.

다시 친구들을 만나게 된 허수아비는 무척 기뻐서 친구들을 모두 꼭 안아 주었다. 사자와 토토까지도 말이다. 그리고 다 함께 걷기 시작했을 때 허수아비는 한껏 즐거워 걸음을 옮길 때마다 "룰루랄라!" 노래를 불렀다.

"영원히 강 한가운데에 그렇게 있어야 하나 싶어서 무서웠는데 친절한 황새가 구해 줬지, 뭐야. 뇌를 얻고 다시 황새를 만나

황새가 허수아비를 잡고 공중으로 날아올랐다.

면 꼭 보답할 거야."

허수아비가 말했다.

그러자 도로시 일행 옆에서 날고 있던 황새가 말했다.

"괜찮아. 난 어려움에 처한 이를 늘 도와주고 싶으니까. 하지만 이제 가 봐야 할 것 같아. 둥지에서 새끼들이 날 기다리고 있거든. 꼭 에메랄드 도시를 찾아 오즈의 도움을 받기를 바랄게."

"고마워."

도로시가 대답했다.

친절한 황새는 하늘 높이 날아오르더니 곧 사라져 버렸다.

도로시 일행은 예쁜 꽃들 사이로 화려한 빛깔의 새들이 지저귀는 소리를 들으며 노란 벽돌길을 걸었다. 꽃들이 어찌나 빽빽하게 피었는지 마치 꽃으로 된 카펫을 들판에 깔아 놓은 것 같았다. 노란색과 하얀색, 파란색, 보라색의 커다란 꽃송이들 옆에 진홍색의 양귀비꽃이 한 무더기 피어 있었다. 그 색깔이 어찌나 화려한지 도로시의 두 눈이 아찔할 정도였다.

"정말 아름답지 않니?"

도로시가 양귀비꽃의 강한 향기를 들이마시며 물었다.

"그런 것 같아. 나에게 뇌가 있다면 아마 훨씬 더 좋아했을 텐데 말이야."

허수아비가 말했다.

"나에게 심장이 있었다면 이 꽃들을 더 사랑했을 거야."

양철 나무꾼이 말했다.

"난 늘 꽃을 좋아했어. 너무 연약하고 가녀린 것 같아서 말이야. 그런데 이렇게 화려한 꽃들은 처음 봐."

사자가 말했다.

걸어갈수록 진홍색의 커다란 양귀비꽃이 점점 더 많아지더니 다른 꽃들은 보이지 않게 되었고, 어느새 그들은 커다란 양귀비꽃밭 한가운데에 들어와 버렸다. 양귀비꽃이 너무 많아지면 그 향도 짙어지는데 이 향을 맡으면 잠이 들게 된다. 그리고 꽃향기에서 벗어나지 못하면 영원히 잠들게 된다. 지금은 이 사실이 잘 알려져 있지만 도로시는 그 사실을 몰랐다. 사방에 피어 있는 진홍색 꽃에서 벗어나지 못하던 도로시는 눈꺼풀이 점점 무거워지더니 앉아서 쉬고 싶다는 생각밖에 들지 않았다.

하지만 양철 나무꾼이 도로시를 잠들게 내버려 두지 않았다.

"어두워지기 전에 서둘러 다시 노란 벽돌길로 돌아가야 해."

나무꾼이 말하자 허수아비도 맞장구를 쳤다.

그들은 계속해서 걸었다. 하지만 도로시는 이제 서 있을 수도 없을 정도가 되었다. 아무리 애를 써도 눈이 감기고 자신이 어디에 있는지 분간도 못하더니 결국 양귀비꽃 속에 쓰러져서는 곯아떨어지고 말았다.

"어떻게 하지?"

양철 나무꾼이 묻자 사자가 말했다.

"여기 그냥 내버려 두면 도로시는 죽고 말 거야. 꽃향기가 우리 모두를 죽이고 있어. 나도 당최 눈을 뜨고 있을 수가 없어.

토토는 벌써 잠이 들었네."

사자의 말은 사실이었다. 토토는 벌써 도로시 옆에 뻗어 있었다. 하지만 살로 만들어지지 않은 허수아비와 양철 나무꾼은 꽃향기에도 아무렇지 않았다.

허수아비가 사자에게 말했다.

"빨리 달려서 이 죽음의 꽃밭에서 얼른 빠져나가. 우리가 도로시를 안고 나갈게. 네가 곯아떨어지면 너무 커서 데리고 나갈 수가 없을 거야."

그 말을 들은 사자는 정신을 차리고 있는 힘껏 앞으로 달려 나갔다. 사자는 순식간에 눈앞에서 사라졌다.

"손으로 의자를 만들어서 도로시를 태우자."

허수아비가 말했다.

허수아비와 나무꾼은 토토를 도로시의 무릎에 눕힌 후 손으로 함께 의자를 만들어 도로시를 떠받치고 꽃밭을 헤쳐 나갔다.

하지만 아무리 걸어도 그들을 둘러싸고 있는 거대한 죽음의 카펫은 끝날 것 같지 않았다. 그들은 강굽이를 따라 걷다가 양귀비꽃 사이에 누워 잠이 들어 버린 사자를 발견했다. 덩치 큰 사자에게도 꽃향기는 너무 강했던 것이다. 조금만 더 가면 양귀비 꽃밭은 끝나고 향긋한 풀밭이 아름답게 펼쳐져 있는데 말이다.

양철 나무꾼이 말했다.

"어쩔 수가 없어. 사자는 너무 무거워 들 수가 없으니 말이야. 그냥 계속 자게 내버려 둬야 할 것 같아. 혹시 알아? 꿈속에

서라도 사자가 용기를 찾게 될지 말이야."

"정말 안타깝다. 겁쟁이인 것치고 사자는 정말 좋은 친구였는데. 하지만 그냥 우리끼리 가야 할 것 같아."

허수아비가 말했다.

허수아비와 양철 나무꾼은 자고 있는 도로시가 양귀비꽃의 독한 향기를 마시지 못하게 하기 위해 꽃밭에서 멀찌감치 떨어진 강가로 데리고 갔다. 그러고는 부드러운 풀밭 위에 도로시를 살며시 누이고 신선한 바람이 도로시를 깨워 주기를 기다렸다.

9. 들쥐의 여왕

"이제 노란 벽돌길에 거의 다 왔을 텐데. 강에서 떠내려간 만큼 걸어왔으니까."

허수아비가 도로시 옆에 서서 말했다.

양철 나무꾼이 막 대꾸를 하려는데 낮게 으르렁거리는 소리가 들렸다. 나무꾼이 고개를 돌려 보니(이음매는 아주 부드럽게 돌아갔다.) 이상하게 생긴 짐승 하나가 풀밭을 달려 이쪽으로 오고 있었다. 덩치가 크고 노란 살쾡이였는데, 귀는 뒤로 바짝 누워 있고 크게 벌린 입안으로는 흉측한 이가 두 줄로 늘어서 있었다. 붉은 눈이 불덩어리처럼 이글거리고 있는 것으로 보아 뭔가를 쫓고 있는 게 분명했다. 살쾡이가 점점 가까워지자 그 앞에 작은 회색 들쥐가 달리고 있는 게 보였다. 비록 심장이 없는 양철 나무꾼이었지만 그렇게 귀엽고 아무런 해도 끼치지 않을 것 같은 생물을 죽이려 하는 살쾡이가 잘못됐다는 건 알 것 같았다.

나무꾼은 도끼를 치켜들고 살쾡이가 지나갈 때 잽싸게 내리쳐서 살쾡이의 목을 댕강 잘라 버렸다. 두 동강 난 살쾡이가 나무꾼의 발치에서 데굴데굴 굴렀다.

적의 추격으로부터 풀려난 들쥐는 나무꾼에게 천천히 다가오더니 찍찍거리는 작은 목소리로 말했다.

"고맙습니다! 이렇게 목숨을 구해 주다니 정말 고마워요."

"천만에요. 그런 말은 하지 말아요. 보다시피 난 심장이 없어요. 그래서 도움이 필요한 이들을 도울 땐 늘 신중하고 조심스러워요. 설령 그게 겨우 쥐 한 마리일지라도 말이에요."

"겨우 쥐 한 마리라니요!"

작은 들쥐는 근엄한 목소리로 소리쳤다.

"난 여왕이에요. 모든 들쥐의 여왕이라고요!"

"아, 그렇군요."

나무꾼이 고개 숙여 인사하며 말했다.

"내 목숨을 구하다니, 당신은 정말 용감하고 대단한 일을 한 거예요."

여왕 쥐가 말했다.

그 순간 들쥐 몇 마리가 수염이 휘날릴 정도로 빠른 속도로 쪼로록 달려와서는 그들의 여왕을 보고 소리쳤다.

"오, 여왕 폐하, 돌아가신 줄 알았습니다! 어떻게 그 무서운 살쾡이에게서 도망치셨습니까?"

그러고는 마치 물구나무라도 설 기세로 그 작은 여왕 앞에 머리를 조아렸다.

"이 요상하게 생긴 양철 인간이 살쾡이를 죽이고 나를 구해 주었다. 그러니 이제부터 이분을 잘 대접하고 그가 원하는 건 뭐든 들어주어라."

여왕 쥐가 말했다.

"그러겠습니다!"

들쥐들은 다 함께 소리 높여 외쳤다.

그러더니 들쥐들은 갑자기 뿔뿔이 흩어져 사방으로 달아나 버리고 말았다. 막 잠에서 깬 토토가 자신을 둘러싸고 있는 들쥐들을 보고는 기뻐서 멍멍 짖으며 달려들었기 때문이다. 토토는 캔자스에 살 때도 쥐를 쫓아다니는 걸 좋아했기 때문에 그래도 된다고 생각했다.

양철 나무꾼은 두 팔로 토토를 안아 올려 꼭 붙잡고는 들쥐들에게 소리쳤다.

"돌아와요! 돌아오라고요! 토토는 당신들을 해치지 않을 거예요."

이 모습을 지켜보던 여왕 쥐가 수풀 아래에서 고개를 쏙 내밀고는 두려운 목소리로 물었다.

"정말 그 개가 우리를 물지 않을까요?"

"물지 않도록 할게요. 그러니 두려워하지 말아요."

나무꾼이 말했다.

들쥐들이 한 마리씩 기어서 나왔다. 토토는 나무꾼의 팔에서 빠져나오려고 버둥대면서도 다시 짖지는 않았다. 나무꾼이 양철로 만들어졌다는 사실을 몰랐다면 토토는 나무꾼을 물었을지도 모르겠다.

마침내 가장 큰 들쥐가 물었다.

"우리 여왕님의 목숨을 구해 주신 데 대한 보답으로 우리가 할 수 있는 게 없을까요?"

"생각나는 게 없는데요."

나무꾼이 대답했다.

그러자 늘 좋은 생각을 해내려 애쓰지만 머리가 지푸라기로 채워져 있어 아무것도 생각하지 못하는 허수아비가 얼른 대답했다.

"아, 맞다. 우리 친구를 구해 줘요. 양귀비 꽃밭에 잠들어 있는 겁쟁이 사자요."

"사자라고요! 사자는 우리를 모두 잡아먹어 버릴 텐데요."

조그만 여왕이 소리쳤다.

"아, 아니에요. 그 사자는 겁쟁이인걸요."

허수아비가 분명하게 말했다.

"정말인가요?"

여왕 쥐가 물었다.

"자기가 겁쟁이라고 사자가 말했어요. 그리고 사자는 우리의 친구를 절대 해치지 않아요. 우리를 도와서 사자를 구해 주면 사자는 분명히 당신들을 친절하게 대할 거예요."

허수아비가 말했다.

"그럼 좋아요. 당신을 믿을게요. 하지만 우리가 어떻게 구하죠?"

"당신을 여왕이라고 부르면서 기꺼이 복종하는 들쥐들이 많은가요?"

"그럼요. 수천 마리는 될걸요."

여왕 쥐가 대답했다.

"그럼 그 쥐들을 가능한 한 빨리 이쪽으로 오라고 하세요. 각자 긴 줄을 하나씩 갖고 오라고 하고요."

여왕은 자신을 시중들고 있는 들쥐들에게 돌아서더니 당장 가서 모든 쥐들을 불러 모으라고 말했다. 쥐들은 여왕의 명령을 듣자마자 순식간에 사방으로 흩어졌다.

허수아비가 양철 나무꾼에게 말했다.

"이제 넌 나무가 있는 강가로 가서 사자를 싣고 올 수레를 만들어."

나무꾼은 당장 나무를 베어 나뭇잎과 잔가지를 쳐 낸 후 큰 나뭇가지들로 수레를 만들기 시작했다. 나무못으로 나뭇가지들을 연결하고 큰 나무둥치를 짧게 잘라 바퀴 네 개를 만들었다. 어찌나 빠르게 만들었는지 쥐들이 도착할 무렵에는 손수레가 완성되어 있었다.

사방에서 몰려든 쥐는 수천 마리나 되었다. 큰 쥐, 작은 쥐, 중간 쥐 할 것 없이 모두 각자 입에 끈 한 조각씩 물고 있었다. 그제야 긴 잠에서 깨어 눈을 뜬 도로시는 수천 마리의 쥐들이 자신을 에워싼 채 두려운 눈빛으로 바라보고 있는 것을 보고는 깜짝 놀라고 말았다. 허수아비가 도로시에게 모든 것을 설명해 주고는 근엄한 여왕 쥐에게 돌아서서 말했다.

"여왕 폐하, 이 친구를 소개해 드릴 것을 허락해 주십시오."

도로시는 정중하게 고개를 숙여 인사했고 여왕도 예를 갖추어 인사했다. 여왕은 도로시에게 아주 다정하게 대했다.

이제 허수아비와 나무꾼은 쥐들이 갖고 온 끈을 이용해서 쥐들을 수레에 묶기 시작했다. 끈의 한쪽 끝은 쥐의 목에 묶고 다른 쪽 끝은 수레에 묶었다. 물론 수레가 쥐보다 수천 배는 더 컸지만 수레에 다 묶고 나자 쥐들이 쉽게 수레를 끌 수 있게 되었다. 허수아비와 나무꾼은 작고 기이한 말들이 끄는 수레 위에 올라앉아 사자가 잠들어 있는 곳으로 재빠르게 달려갔다.

사자가 너무 무거워 한참을 끙끙대며 작업한 후에야 간신히 수레에 실을 수 있었다. 여왕 쥐는 자신의 쥐들이 양귀비 꽃밭에서 너무 오래 머물다가 잠들어 버리기라도 할까 봐 두려워하며 서둘러 출발 명령을 내렸다.

들쥐들이 많기는 했지만 사자가 실린 무거운 수레는 좀처럼 움직이지 않았다. 하지만 나무꾼과 허수아비가 뒤에서 밀자 훨씬 잘 끌 수 있게 되었고, 곧 쥐들은 사자를 양귀비 꽃밭 밖 초록 풀밭으로 끌고 나갔다. 그곳에서 사자는 양귀비꽃의 독한 향이 아닌 달콤하고 신선한 공기를 마실 수 있었다.

도로시는 쥐들에게 죽음으로부터 친구를 구해 주어 진심으로 고맙다고 인사했다. 도로시는 이 덩치 큰 사자가 아주 좋아졌기 때문에 사자를 구하게 되어 무척 기뻤다.

들쥐들은 수레에 묶였던 끈을 풀고 들판을 달려 각자의 집으로 흩어졌다. 이제 마지막으로 여왕 쥐가 남았다.

"또 우리의 도움이 필요하면 풀밭으로 와서 우리를 부르세요. 당신들의 목소리가 들리면 나와서 도와줄게요. 그럼 잘 가요!"

"안녕히 계세요!"

인사를 나눈 후에 여왕 쥐는 저 멀리로 달려갔다. 도로시는 토토가 쫓아가서 여왕 쥐를 겁먹게 하지 못하도록 꼭 안고 있었다.

여왕 쥐가 가고 나자 도로시 일행은 사자 옆에 앉아 사자가 깨어나기를 기다렸다. 도로시는 근처 나무에서 허수아비가 따 준 과일로 저녁 식사를 했다.

10. 수문장

겁쟁이 사자가 잠에서 깨어나는 데는 한참이 걸렸다. 꽤 긴 시간 동안 양귀비 꽃밭에서 죽음의 향기를 맡으며 누워 있었기 때문이다. 마침내 눈을 뜬 후 수레에서 데굴데굴 굴러 내려온 사자는 자신이 아직 살아 있다는 걸 깨닫고 아주 기뻐했다.

"난 정말 죽을힘을 다해 달렸어. 하지만 꽃향기가 너무 강했어. 그런데 어떻게 날 데리고 나온 거야?"

사자가 앉아서 하품을 하며 물었다.

그래서 그들은 사자에게 들쥐를 만난 이야기와 들쥐들이 얼마나 친절하게 사자를 구해 줬는지 이야기해 주었다. 그러자 겁쟁이 사자가 소리 내어 웃으며 말했다.

"난 언제나 내 자신이 아주 크고 대단하다고 생각했는데, 꽃처럼 작은 것들이 날 죽일 뻔하기도 하고 들쥐처럼 작은 동물들이 내 목숨을 구해 주었구나. 그런데 친구들, 이제 우린 어떻게 하지?"

"노란 벽돌길을 찾을 때까지 계속 걸어가야지. 그러면 계속해서 에메랄드 도시로 갈 수 있을 거야."

도로시가 말했다.

완전히 기운을 회복한 사자는 원래의 모습을 되찾았고 도로시 일행은 다시 여행을 시작했다. 부드럽고 신선한 풀밭을 걷는 것은 무척 즐거운 일이었다. 그리고 얼마 지나지 않아 그들은 노란 벽돌길을 다시 만났고 위대한 오즈가 살고 있는 에메랄드 도시로 향할 수 있었다.

이제 길은 매끈하게 잘 포장되어 있었고 주변 풍경도 아름다웠다. 도로시 일행은 저 멀리 뒤에 있던 숲과 그 숲 속의 어둑한 그늘 속에 도사리고 있던 많은 위험에서 벗어난 것이 매우 기뻤다.

길옆으로 또 울타리가 보였는데 이번에는 초록색으로 칠해져 있었다. 어느 작은 집에 이르렀다. 농부가 살고 있는 것 같은 그 집도 초록색으로 칠해져 있었다. 도로시 일행은 오후에 그런 집들을 몇 채 지나쳤다. 사람들이 가끔 문간으로 나와 뭔가 물어보고 싶은 얼굴로 쳐다보았지만 그 누구도 그들에게 다가오지도, 말을 걸지도 않았다. 그건 너무나 무서운 사자 때문이었다. 그 사람들은 다들 아름다운 에메랄드 빛 초록색 옷을 차려입고 먼치킨들처럼 높이 솟은 모자를 쓰고 있었다.

"여기가 오즈의 땅임에 틀림없어. 에메랄드 도시에 거의 다 온 게 분명해."

도로시가 말했다.

그러자 허수아비가 말했다.

"그래. 여긴 모든 것이 초록색이야. 먼치킨의 나라에서는 모든 것이 파란색이었는데 말이야. 그런데 여기 사람들은 먼치킨들만큼 친절하지는 않은 것 같아. 오늘 밤 묵을 곳을 찾을 수 있을지 걱정인 걸."

"과일 말고 다른 것 좀 먹고 싶어. 토토도 배가 많이 고플 거야. 다음 집에 들러서 사람들과 이야기를 좀 해 보자."

도로시가 말했다.

이윽고 큰 농가에 이르렀을 때 도로시는 용감하게 걸어가 문을 두드렸다. 그러자 한 여자가 겨우 눈만 내다볼 수 있을 만큼만 문을 빠끔 열더니 물었다.

"왜 그러니, 꼬마야? 그런데 넌 왜 저 커다란 사자와 함께 있는 거니?"

"아주머니께서 허락하신다면 여기서 하룻밤 묵어갈 수 있을까 해서요. 그리고 사자는 제 친구예요. 절대 물지 않아요."

도로시가 말했다.

"길들여졌니?"

여자가 문을 조금 더 열면서 물었다.

"아, 그럼요. 게다가 진짜 겁쟁이예요. 아주머니가 사자를 무서워하는 것보다 사자가 아주머니를 더 무서워할걸요."

여자는 잠시 생각하더니 사자를 한 번 더 슬쩍 보고는 말했다.

"음, 그렇다면 들어와도 돼. 저녁 식사와 잠자리를 주마."

그렇게 해서 도로시 일행은 집 안으로 들어갔다. 그곳엔 그 여자 말고 아이 두 명과 남자가 한 명 더 있었다. 남자는 다리를 다쳐 구석에 있는 긴 의자에 누워 있었다. 그들은 이 이상한 손님들을 보고 깜짝 놀란 것 같았다. 여자가 바쁘게 식탁을 차리는 동안 남자가 물었다.

"너희들은 모두 어디로 가는 거니?"

"에메랄드 도시요. 위대한 오즈를 만나려고요."

도로시가 대답했다.

"오, 그렇구나! 그런데 오즈가 너희들을 만나 줄 거라 생각하니?"

남자가 큰 소리로 물었다.

"만나 주지 않나요?"

도로시가 물었다.

"오즈는 절대 사람들을 만나 주지 않는다고 하던데. 나도 에메랄드 도시에 여러 번 가 봤어. 아주 아름답고 훌륭한 곳이지. 하지만 위대한 오즈를 만날 수 있는 허가를 받은 적은 없어. 살아 있는 사람 중에 그를 만났다는 사람을 본 적도 없고."

"오즈는 절대 바깥출입을 안 하는 건가요?"

허수아비가 물었다.

"절대 하지 않지. 자신의 궁전 접견실에 매일 앉아 있어. 시중드는 신하들조차 오즈의 얼굴을 마주해 본 적이 없다는군."

"어떻게 생겼는데요?"

도로시가 물었다.

"설명하기 어려운데."

남자가 곰곰이 생각하며 말했다.

"다들 알다시피 오즈는 위대한 마법사야. 원하는 대로 모습을 바꿀 수 있지. 그래서 어떤 사람들은 오즈가 새의 모습이라고 하기도 하고, 어떤 사람들은 코끼리의 모습이라고 하기도 해. 고양이의 모습이라고 하는 사람들도 있고 말이야. 어떤 사람들에게는 아름다운 요정으로 나타나기도 하고 브라우니(*밤에 나타나서 몰래 농가의 일을 도와준다는 스코틀랜드 전설 속 작은 요정. 이하 *표시−옮긴이 주)로 나타나기도 하지. 자신이 원하는 어떤 모습으로든 말이야. 하지만 진짜 오즈가 누구인지, 언제 자신의 진짜 모습을 하는지 살아 있는 사람은 아무도 모른단다."

"정말 이상하군요. 하지만 오즈를 만나기 위해서라면 무슨 노력이든 해 봐야 해요. 그렇지 않으면 우리의 여행은 헛수고로 끝날 테니까요."

도로시가 말했다.

"그 끔찍한 오즈는 왜 만나려 하는 거니?"

남자가 물었다.

"난 오즈에게 뇌를 달라고 할 거예요."

허수아비가 진지한 얼굴로 말했다.

"아, 오즈는 충분히 쉽게 할 수 있을 거야. 오즈는 자신에게 필요한 것보다 더 많은 뇌를 갖고 있으니까."

남자가 자신 있게 말했다.

"난 심장을 하나 받았으면 좋겠어요."

양철 나무꾼이 말했다.

"그 일도 어렵지는 않을 거야. 오즈는 다양한 모양과 크기의 심장을 어마어마하게 수집해 두었거든."

남자가 말했다.

"난 용기를 받고 싶어요."

겁쟁이 사자가 말했다.

"오즈는 자신의 접견실에 용기가 든 커다란 단지를 갖고 있지. 흘러넘치지 않도록 황금 접시로 덮어 두었어. 기쁜 마음으로 용기를 나누어 줄 거야."

"그리고 전 오즈가 저를 캔자스로 돌려보내 줬으면 좋겠어요."

도로시가 말했다.

"캔자스가 어딘데?"

남자는 깜짝 놀라서 물었다.

"어딘지는 저도 몰라요. 아무튼 저의 고향이에요. 분명히 어딘가에 있을 거예요."

도로시는 슬픈 목소리로 말했다.

"아마도 그렇겠지. 오즈는 뭐든 할 수 있으니까 캔자스를 찾아 줄 거야. 하지만 먼저 오즈를 만나야 하는데 그게 어려운 일이지. 위대한 오즈는 누구도 만나고 싶어 하지 않고 언제나 자기 멋대로니까. 그런데 넌 원하는 게 뭐니?"

남자가 토토에게 물었다. 토토는 꼬리만 살랑살랑 흔들어 댔다. 이상하게 들릴지도 모르지만 토토는 말을 못하기 때문이다.

여자가 저녁 준비가 다 됐다고 부르자 그들은 다 함께 식탁에 둘러앉았다. 도로시는 오트밀 죽과 계란 요리 한 접시, 하얀 빵 한 접시를 맛있게 먹었다. 사자는 죽을 좀 먹긴 했지만 오트밀은 말들이나 먹는 것이지 사자는 먹지 않는다며 썩 좋아하지 않았다. 허수아비와 양철 나무꾼은 아무것도 먹지 않았다. 토토는 모든 음식을 조금씩 골고루 먹었고 다시 맛있는 저녁을 먹을 수 있게 된 것을 기뻐했다.

다음날 아침 해가 뜨자마자 도로시 일행은 다시 길을 나섰다. 곧 그들 앞에 펼쳐진 하늘에 아름다운 초록빛이 보였다.

"에메랄드 도시가 틀림없어."

도로시가 말했다.

걸어갈수록 초록빛은 점점 더 환해졌고 그들의 여정이 마침내 끝나 가고 있는 듯 보였다. 하지만 오후가 됐을 때 그들은 도시를 둘러싸고 있는 거대한 벽에 이르렀다. 밝은 초록색을 띤 높고 두꺼운 벽이었다.

그리고 노란 벽돌길 끝, 그들의 정면에는 커다란 문이 있었다. 문에는 온통 에메랄드가 박혀 있었는데 햇빛을 받아 어찌나 반짝이는지 그 환함에 허수아비의 그린 눈조차 부실 지경이었다.

문 옆에는 종이 달려 있었다. 도로시가 버튼을 누르자 종 안에서 은방울을 굴리는 듯 아름다운 소리가 들렸다. 이윽고 커다란 문이 천천히 열렸고 도로시 일행은 문으로 들어갔다. 안으로 들어가니 높은 아치형 천장에 벽은 셀 수 없이 많은 에메랄드로 반짝이는 방이었다.

앞에는 먼치킨만 한 키의 작은 남자가 서 있었다. 그는 머리부터 발끝까지 초록색 옷을 입고 있었는데 심지어 피부까지 초록빛을 띠고 있었다. 남자 옆에는 커다란 초록색 상자가 있었다.

도로시 일행을 본 남자가 물었다.

"에메랄드 도시에는 무슨 일로 오셨나요?"

"위대한 오즈 님을 뵈러 왔어요."

도로시가 말했다.

그 남자는 도로시의 대답을 듣고 깜짝 놀라더니 앉아서 곰곰이 생각했다.

"오즈 님을 뵙겠다고 하는 사람이 하도 오랜만이라서요."

남자는 당황한 듯 고개를 저었다.

"오즈 님은 강력하고 무서운 분입니다. 쓸데없고 어리석은 일

사자는 죽을 조금 먹었다.

로 위대한 마법사님의 지혜로운 생각들을 방해한다면 마법사님은 화가 나서 당신들을 단숨에 죽여 버릴지도 몰라요."

"어리석은 일도, 쓸데없는 일도 아니에요. 중요한 일이라고요. 그리고 저희가 듣기로 오즈 님은 좋은 마법사라고 하던데요."

허수아비가 말했다.

"맞아요. 이곳 에메랄드 도시를 아주 현명하고 지혜롭게 다스리고 계시죠. 하지만 정직하지 못한 이들이나 호기심으로 당신에게 접근하는 사람들에게는 아주 무섭게 대하십니다. 그리고 감히 그의 얼굴을 보겠다고 청한 사람은 없었어요. 난 문을 지키는 수문장이니 당신들이 위대한 오즈 님을 보겠다고 청한 이상 당신들을 오즈의 궁전으로 모시고 가야 합니다. 하지만 먼저 안경을 써야 해요."

"왜죠?"

도로시가 물었다.

"안경을 쓰지 않으면 에메랄드 도시에서 나오는 빛에 눈이 멀고 말 테니까요. 이 도시에 살고 있는 사람들은 밤이고 낮이고 안경을 써야 해요. 그들의 안경은 잠금 장치로 잠겨 있어요. 이 도시를 처음 만들 때 오즈 님이 그렇게 명령하셨거든요. 그것들을 풀어 줄 수 있는 열쇠는 나만 가지고 있죠."

수문장은 큰 상자를 열었다. 상자 안에는 다양한 크기와 모양의 안경이 가득했다. 하지만 색깔은 모두 초록색이었다. 수문장은 도로시에게 맞을 만한 안경을 골라 씌워 주었다. 그런 다음 안경에 연결된 황금 밴드 두 개를 도로시 뒤통수에 빙 돌리더니 목에 걸고 있던 줄 끝에 달린 작은 열쇠로 밴드를 잠갔다. 일단 쓰고 나니 도로시는 안경을 벗고 싶어도 벗을 수가 없었다. 하지만 에메랄드 도시의 빛에 눈이 멀고 싶지 않아 아무 말도 하지 않았다.

그다음에 초록색 수문장은 허수아비와 양철 나무꾼, 사자 그리고 토토에게까지 안경을 씌워 주었고 모두 열쇠로 단단히 잠갔다.

수문장도 자신의 안경을 쓰더니 이제 궁전으로 안내해 줄 준비가 끝났다고 말했다. 그리고 벽에 있는 못에서 커다란 황금 열쇠를 하나 꺼내 다른 문을 열었다. 도로시 일행은 수문장을 따라 에메랄드 도시로 향하는 문으로 들어갔다.

11. 오즈의 놀라운 에메랄드 도시

　도로시와 친구들은 안경으로 눈을 보호하고 있는데도, 처음에는 이 놀라운 도시에서 쏟아지는 환한 빛에 눈이 부셨다. 거리에는 온통 반짝이는 에메랄드가 박히고 초록색 대리석으로 지어진 아름다운 집들이 줄지어 서 있었다. 그들은 초록색 대리석으로 포장된 길을 걸었다. 대리석 블록이 서로 만나는 부분에 촘촘히 줄지어 박혀 있는 에메랄드가 햇빛을 받아 반짝이고 있었다. 유리창도 초록색이었고 심지어 도시 위 하늘도 초록빛을 띠고 있었으며 태양 빛도 초록색이었다.

　곳곳에서 걸어가고 있는 많은 남자와 여자, 아이들도 모두 초록빛이 감도는 피부에 초록색 옷을 입고 있었다. 그들은 도로시와 희한한 구색으로 이뤄진 친구들을 이상한 눈으로 바라보았다. 사자를 본 아이들은 모두 엄마 뒤로 숨어 버렸다. 하지만 그들에게 말을 거는 이는 아무도 없었다. 거리에는 상점들도 있었는데 도로시가 보니 상점 안 물건들도 모두 초록색이었다. 온갖 종류의 초록색 신발과 초록색 모자, 초록색 옷뿐 아니라 초록색 사탕과 초록색 팝콘도 팔고 있었다. 어떤 가게에서는 초록색 레모네이드를 팔고 있었는데, 도로시는 한 아이가 초록색 레모네이드를 사면서 초록색 동전을 내는 것을 보았다.

그곳에는 말은 물론이고 그 어떤 동물도 없는 것 같았다. 남자들은 작은 초록색 수레에 물건들을 싣고 직접 끌고 다녔다. 하지만 모두가 행복하고 만족스럽고 넉넉해 보였다.

수문장은 도로시 일행을 정확하게 도시 한가운데에 있는 커다란 건물로 데리고 갔다. 그곳이 바로 위대한 마법사 오즈의 궁전이었다. 문 앞에는 초록색 제복을 입고 초록색 수염을 길게 기른 병사 하나가 서 있었다.

"손님들이 왔어요. 위대한 오즈 님을 만나고 싶어 합니다."

수문장이 병사에게 말했다.

"안으로 들어가십시오. 제가 오즈 님께 말씀을 전하겠습니다."

병사가 말했다.

궁전 문으로 들어간 그들은 초록색 카펫이 깔려 있고 에메랄드로 장식된 아름다운 초록색 가구들이 있는 커다란 방으로 안내되었다. 병사는 이 방에 들어오기 전에 그들에게 초록색 매트 위에 발을 닦게 했다. 그리고 그들이 자리에 앉자 정중하게 말했다.

"접견실 문으로 가서 오즈 님께 당신들이 찾아왔다고 전하고 올 테니 편하게 계십시오."

병사가 돌아올 때까지 그들은 한참을 기다려야 했다. 그리고 마침내 그가 왔을 때 도로시가 물었다.

"오즈 님을 만났나요?"

"아니요. 난 한 번도 오즈 님을 만나본 적이 없어요. 하지만 휘장 뒤에 앉아 있는 오즈 님께 당신들이 만나고 싶어 한다는 말을 전했어요. 그렇게 소원이라면 만나 주겠다고 말씀하셨습니다. 하지만 한 사람씩 들어가야 해요. 오즈 님은 하루에 한 사람만 만나시거든요. 그러니 당신들은 궁전에 며칠은 머물러야 할 겁니다. 머무는 동안 편안히 쉴 수 있는 방으로 안내하겠어요. 당신들은 먼 길을 왔을 테니까요."

"고마워요. 오즈 님은 아주 친절한 분이시군요."

도로시가 말했다.

병사가 초록색 호각을 불자 곧바로 예쁜 초록색 실크 가운을 입은 어린 소녀 하나가 방으로 들어왔다. 소녀는 아름다운 초록색 머리에 눈도 초록색이었다. 소녀가 도로시에게 고개 숙여 인사를 하며 말했다.

"저를 따라오시면 당신의 방으로 안내해 드리겠습니다."

도로시는 친구들에게 인사를 하고는 토토를 안고서 초록 소녀를 따라 복도 일곱 개를 지나고 세 개의 층을 올라 궁전 맨 앞쪽에 있는 방으로 들어갔다. 초록색 실크 시트와 초록색 벨벳 커버가 덮인 폭신하고 편안한 침대가 있는, 세상에서 가장 아름다운 방이었다. 방 한가운데에 있는 작은 분수대에서는 초록색 향수가 공중으로 뿜어져 나와서 아름답게 조각된 초록색 대리석 수반으로 떨어졌다. 아름다운 초록색 꽃들이 창문에 피어 있었고 책장에는 작은 초록색 책들이 가지런히 꽂혀 있었다. 책을 펼쳐 보니 초록색의 이상한 그림들이 가득했다. 그 그림이 하도 이상해 도로시는 웃음을 터뜨리고 말았다.

벽장에는 실크와 새틴, 벨벳으로 된 초록색 옷들이 많이 걸려 있었는데 그 옷들은 모두 도로시의 몸에 꼭 맞았다.

"편히 쉬세요. 필요한 게 있으면 종을 울리시고요. 오즈 님이 내일 아침에 사람을 보내 당신을 부르실 겁니다."

초록 소녀는 그렇게 말하고 도로시를 혼자 남겨 둔 채 나머지 일행들에게 돌아갔다. 소녀는 그들을 각각의 방으로 안내했다. 그들이 묵게 된 방들도 궁전에서 아주 좋은 방이었다.

물론 이런 대접도 허수아비에게는 쓸데없는 짓이었다. 혼자 방 안에 남게 된 허수아비는 방문 바로 안쪽 한구석에 우두커니 선 채로 아침이 오기만을 기다렸다. 눕는다고 해서 쉬는 것도 아니었고 눈을 감을 수도 없었다. 허수아비는 방 한구석에서 거미줄을 잣고 있는 작은 거미 한 마리를 바라보며 밤새 그렇게 서 있었다. 이 방은 전혀 대단한 방이 아니라는 듯이.

양철 나무꾼은 살로 만들어져 있을 때가 떠올라 습관적으로 침대에 누웠다. 하지만 잠을 잘 수가 없어서 이음매들을 들었다 내렸다 잘 움직이는지 확인하며 밤을 지새웠다.

사자에게는 숲 속에 있는 마른 잎 침대가 더 좋았을 것이다. 사자는 방 안에 갇혀 있는 것도 마음에 들지 않았다. 하지만 그런 생각들로 걱정할 만큼 어리석지 않았기에 침대 위로 뛰어 올라가 고양이처럼 몸을 뒹굴며 가르릉거리다가 금방 잠이 들고 말았다.

다음날 아침 식사를 마치자 초록색 하녀가 도로시를 데리러 와서는 도로시에게 예쁜 가운을 입혔다. 초록색의 무늬가 돋아나오게 짠 새틴으로 만든 옷이었다. 도로시는 초록색 실크 앞치마를 두르고 토토의 목에 초록색 리본을 매어 준 후 위대한 오즈를 만나러 접견실로 향했다.

처음에 그들은 커다란 방으로 갔는데 그곳에는 궁정의 신사 숙녀들이 화려한 옷을 차려입고 있었다. 이들은 아무것도 하는 일 없이 수다만 떨면서 매일 아침 접견실 밖에서 대기하고 있었다. 오즈를 보는 것이 허락되지도 않는데 말이다. 도로시가 들어가자 그들은 궁금한 얼굴로 도로시를 쳐다보았다. 그들 중 한 사람이 작은 목소리로 물었다.

"무시무시한 오즈 님의 얼굴을 직접 볼 거니?"

"물론이죠. 오즈 님이 나를 만나 주신다면요."

도로시가 대답했다.

그러자 오즈에게 도로시가 왔다고 전해 주었던 병사가 말했다.

"오즈 님은 사람들이 자신을 보겠다고 하는 걸 싫어하십니다. 하지만 오즈 님은 당신을 만나실 겁니다. 물론 처음에는 화를 내시면서 당신들을 돌려보내라고 말씀하셨죠. 그런데 당신이 어떻게 생겼냐고 물으시기에 은구두를 신었다고 말씀드렸더니 아주 흥미로워하셨습니다. 당신의 이마에 있는 자국도 말씀드렸더니 오즈 님이 당신의 알현을 허락하셨습니다."

　바로 그때 종이 울렸고 초록 소녀가 도로시에게 말했다.

　"들어오라는 신호입니다. 혼자서 접견실에 들어가야 합니다."

　도로시는 초록 소녀가 열어 준 작은 문으로 용감하게 걸어 들어갔다. 그곳은 아주 멋진 곳이었다. 높은 아치형 천장의 아주 넓은 방이었는데 벽과 천장과 바닥은 모두 커다란 에메랄드로 촘촘히 덮여 있었다. 천장 한가운데에는 커다란 전등이 있었는데 태양처럼 밝은 빛은 신기하게도 에메랄드처럼 빛났다.

　하지만 도로시를 가장 놀라게 한 것은 방 한가운데에 놓여 있는 초록색 대리석으로 만든 커다란 왕좌였다. 왕좌는 다른 것들처럼 보석으로 빛나고 있었다. 그런데 왕좌의 한가운데에 거대한 머리가 있었다. 떠받치고 있는 몸도 없고 팔이나 다리, 그 어떤 것도 없었다. 머리카락도 없었지만 눈, 코, 입은 있었고 그 어떤 거인의 머리보다도 훨씬 컸다.

　도로시가 놀라움과 두려움에 사로잡혀 그 머리를 보고 있는데 눈이 천천히 돌아서 도로시를 매섭게 그리고 찬찬히 살펴보았다. 그러더니 입이 움직이며 이렇게 말하는 것이었다.

"난 위대하고 무서운 오즈다. 넌 누구냐? 왜 나를 찾는 거냐?"

그렇게 큰 머리에서 나오는 것치고 목소리는 생각보다 무시무시하지 않았다.

도로시는 용기를 내어 대답했다.

"저는 작고 얌전한 도로시예요. 도움을 청하려고 당신을 찾아왔습니다."

그 눈은 한동안 도로시를 찬찬히 살피더니 이렇게 말했다.

"그 은구두는 어디서 얻었느냐?"

"사악한 동쪽 마녀에게서 얻었어요. 우리 집이 동쪽 마녀 위로 떨어지면서 죽었거든요."

도로시가 대답했다.

"이마에 있는 그 자국은 어떻게 생겼느냐?"

"북쪽의 착한 마녀가 당신에게 나를 보낼 때 작별 인사를 하면서 만들어 준 거예요."

두 눈은 다시 한 번 더 도로시를 매섭게 쳐다보았다. 도로시의 말이 사실이라는 것을 깨닫는 것 같았다.

"내가 뭘 해 주기를 바라는가?"

"엠 숙모와 헨리 삼촌이 계시는 캔자스로 저를 보내 주세요. 당신의 나라는 아름답지만 이곳에 있고 싶지 않아요. 제가 너무 오랫동안 돌아오지 않아서 엠 숙모가 엄청 걱정하고 계실 거예요."

도로시는 간곡하게 말했다.

눈이 세 번 깜빡거렸다. 그러고는 천장을 올려다보다가 바닥을 내려다보다가 옆을 보다가 하며 온 방을 둘러보는 것처럼 눈을 데굴데굴 이상하게 굴렸다. 마침내 눈이 다시 도로시를 바라보며 물었다.

"왜 내가 너를 위해 그렇게 해야 하는 거지?"

"왜냐하면 당신은 강하고 저는 약하니까요. 당신은 위대한 마법사이시고 저는 한낱 어린아이일 뿐이니까요."

"하지만 넌 사악한 동쪽 마녀를 죽일 수 있을 만큼 힘이 세잖니."

"그건 그냥 사고였어요. 저도 모르게 그렇게 된 거라고요."

도로시가 순진하게 대답했다.

"그럼 답을 주겠다. 너에겐 나에게 뭔가를 보답해 주지도 않으면서 캔자스로 보내 주기를 기대할 권리가 없어. 이 나라에서는 누구든 자신이 얻는 것에 대해 보답을 해야 해. 네가 살던 곳으로 다시 가기 위해 내 마법을 쓰고 싶다면 먼저 나를 위해 뭔가를 해라. 나를 도와 다오. 그럼 나도 너를 돕겠다."

"제가 뭘 해야 하는데요?"

도로시가 물었다.

"사악한 서쪽 마녀를 죽여라."

오즈가 대답했다.

"전 못해요!"

도로시는 깜짝 놀라 소리쳤다.

"넌 동쪽 마녀를 죽였고 강력한 힘을 지닌 은구두를 신고 있어. 이제 이 나라에 남은 사악한 마녀는 딱 하나야. 그 마녀가 죽었다는 소식을 전해 주면 너를 캔자스로 보내 주겠어. 하지만 그 전엔 안 된다."

도로시는 너무 실망한 나머지 흐느껴 울기 시작했다. 그러자 눈은 다시 깜빡하더니 도로시를 간절하게 바라보았다. 위대한 오즈는 도로시가 마음만 먹으면 자신을 도울 수 있다고 생각하는 것 같았다.

"전 일부러 뭔가를 죽여 본 적이 없어요. 내가 사악한 마녀를 죽이고 싶다 하더라도 어떻게 죽일 수 있겠어요? 위대하고 무서운 오즈 당신도 죽이지 못하면서 어떻게 내가 죽일 수 있을 거라 생각하는 거죠?"

도로시는 흐느끼며 말했다.

"나도 모르겠다. 하지만 내 대답은 그거다. 사악한 마녀가 죽기 전에는 삼촌과 숙모를 다시는 보지 못할 것이야. 마녀는 사악하다는 걸 잊지 마. 지독하게 끔찍하다고. 반드시 죽여야 해. 이제 가라. 임무를 완수할 때까지는 나를 보겠다고 청하지 마라."

머리가 말했다.

도로시는 슬픈 마음으로 접견실을 나와 사자와 허수아비와 양철 나무꾼이 기다리고 있는 곳으로 갔다. 그들은 오즈가 도로시에게 무슨 말을 했는지 듣고 싶어 했다.

"이제 내겐 희망이 없어. 내가 사악한 서쪽 마녀를 죽일 때까지는 집으로 보내 주지 않는다고 했거든. 난 절대 사악한 마녀를 죽이지 못해."

도로시가 슬픈 얼굴로 말했다.

도로시의 친구들도 슬펐지만 도로시를 도울 수 있는 길은 없었다. 도로시는 자기 방으로 돌아가 침대에 누워 엉엉 울다 잠이 들었다.

다음날 아침 초록색 구레나룻을 기른 병사가 허수아비에게로 와서 말했다.

"오즈 님이 당신을 데리고 오라고 하셨습니다. 따라오시죠."

허수아비는 병사를 따라가 커다란 접견실로 들어갔다. 그곳에서 허수아비가 본 것은 에메랄드 왕좌에 앉은 아름다운 여인이었다. 여인은 아주 얇은 초록색 실크 옷을 입고 초록색으로 물결치듯 흘러내리는 머리 위에 보석으로 된 왕관을 쓰고 있었다. 양쪽 어깨에는 화려한 색깔의 날개가 돋아나 있었는데 어찌나 가벼운지 바람이 아주 살짝 닿기만 해도 파르르 떨렸다.

아름다운 여인 앞에 선 허수아비는 속을 채우고 있는 지푸라기들이 허락하는 한 가장 공손하게 인사를 했다. 여인은 허수아비를 그윽한 눈길로 올려다보며 말했다.

"난 위대하고 무서운 오즈다. 넌 누구이며 왜 나를 보고 싶어 한 것이냐?"

도로시의 말을 듣고 커다란 머리를 보게 될 거라 생각했던 허수아비는 깜짝 놀라고 말았다. 하지만 용감하게 대답했다.

"전 그저 지푸라기로 채워진 허수아비일 뿐입니다. 그래서 뇌가 없지요. 제 머릿속에 지푸라기 대신 뇌를 넣어 달라고 부탁하러 왔습니다. 그럼 저도 당신의 나라에서 사는 다른 사람들처럼 될 수 있을 테니까요."

"왜 내가 너에게 그 일을 해 줘야 하지?"

여인이 물었다.

"당신은 현명하고 강하니까요. 다른 그 누구도 나를 도울 수 없어요."

허수아비가 대답했다.

"나는 아무 대가 없이 호의를 베풀지 않아. 하지만 이것만큼은 내 약속하지. 나를 위해 사악한 서쪽 마녀를 죽이면 너에게 뇌를 엄청나게 많이 수여하겠어. 온 오즈의 나라를 통틀어 가장 똑똑한 사람이 될 수 있을 만큼 좋은 뇌를 말이야."

"도로시에게도 마녀를 죽이라고 말씀하셨잖아요."

허수아비가 놀라서 말했다.

"그랬지. 누가 마녀를 죽이든 상관하지 않아. 하지만 마녀가 죽기 전에는 너희들의 소원을 들어주지 않겠어. 이제 가거라. 그리고 네가 그렇게 소망하는 뇌를 얻을 자격을 갖출 때까지 다시는 나를 찾지 말아라."

허수아비는 슬퍼하며 친구들에게 돌아가 오즈가 한 말을 전해 주었다. 도로시는 위대한 오즈가 자신이 봤던 것처럼 머리가 아니라 아름다운 여인이라는 사실을 알고 깜짝 놀랐다.

"오즈도 양철 나무꾼처럼 심장이 필요해."

허수아비가 말했다.

다음날 아침 초록 구레나룻 수염을 기른 병사가 양철 나무꾼에게 와서 말했다.

"오즈 님이 당신을 데리고 오라고 하셨습니다. 나를 따라오세요."

양철 나무꾼은 병사를 따라가 커다란 접견실로 들어갔다. 오즈가 아름다운 여인의 모습으로 나타날지 머리의 모습으로 나타날지 알 수 없었지만, 나무꾼은 아름다운 여인이기를 바랐다.

"왜냐하면 오즈가 머리라면 난 분명히 심장을 받을 수 없을 거야. 머리는 심장이 없을 테고 그렇다면 내 심정을 모를 테니까. 하지만 아름다운 여인이라면 심장을 달라고 열심히 애원해 볼 테야. 모든 여인들은 아주 따뜻한 마음을 가졌다고들 하니까."

나무꾼은 혼자 말했다.

하지만 나무꾼이 커다란 접견실에 들어갔을 때는 머리도, 여인도 보이지 않았다. 오즈는 무시무시한 모습을 하고 있었다. 짐승은 코끼리만큼 커서 초록색 왕좌는 도저히 그 무게를 감당할 수 없을 것 같았다. 짐승의 머리는 코뿔소 머리 같았고 얼굴에는 눈이 다섯 개나 있었다. 몸에는 다섯 개의 긴 팔과 다섯 개의 길고 가느다란 다리가 달려 있었다. 온몸은 털이 무성하게 덮여 있었는데 그보다 더 끔찍한 괴물은 상상할 수 없을 것 같았다. 그 순간만큼은 양철 나무꾼에게 심장이 없는 게 다행이었다. 심장이 있었다면 무서워서 쿵쾅쿵쾅 뛰었을 테니 말이다. 하지만 오로지 양철로만 이루어진 나무꾼은 실망스럽긴 해도 전혀 두렵지 않았다.

"나는 위대하고 무서운 오즈다. 넌 누구이며 왜 날 찾아온 것이냐?"

그 짐승은 엄청나게 큰 소리로 말했다.

"전 양철로 만든 나무꾼입니다. 그래서 심장도 없고 사랑도 할 수 없죠. 다른 사람들처럼 심장을 갖게 해 달라고 부탁하러 왔습니다."

"내가 왜 그래야 하는 거지?"

"왜냐하면 제가 심장을 간절히 원하고 당신만이 제 부탁을 들어줄 수 있으니까요."

이 말을 들은 오즈는 낮게 으르렁거리더니 통명스럽게 말했다.

"네가 정말 그렇게 간절하게 심장을 원한다면 얻어야겠지."

"어떻게요?"

"도로시를 도와 사악한 서쪽 마녀를 죽여라. 마녀가 죽으면 나에게 오너라. 그러면 오즈의 땅에서 가장 크고 가장 따뜻하고 가장 사랑이 넘치는 심장을 주마."

양철 나무꾼은 슬픈 얼굴로 친구들에게 돌아가서 자신이 보았던 무시무시한 짐승의 이야기를 해 주었다. 다들 위대한 오즈가 여러 가지 모습으로 변할 수 있다는 사실에 엄청나게 놀랐다. 사자가 말했다.

114

"내가 들어갔을 때 오즈가 짐승의 모습이면 난 가장 큰 목소리로 울부짖을 거야. 그럼 오즈는 겁에 질려서 내가 원하는 건 뭐든 들어 주겠지. 아름다운 여인의 모습이면 여인에게 뛰어들 것처럼 겁을 줘서 내 명령을 따르게 해야지. 그리고 만약 커다란 머리이면 그때는 완전히 내 손아귀에 있는 거야. 우리가 원하는 거라면 뭐든 주겠다는 약속을 할 때까지 머리를 이리저리 굴리고 다닐 테니까. 그러니 친구들, 기운 내. 모든 건 다 잘될 거야."

다음날 아침 초록색 구레나룻 수염의 병사가 사자를 커다란 접견실로 데리고 가서 오즈가 있는 곳으로 안내했다.

사자는 얼른 문으로 들어가 주위를 둘러보았다. 놀랍게도 왕좌 앞에 있는 것은 불덩어리였다. 어찌나 이글이글 강렬하게 타오르는지 사자는 제대로 쳐다볼 수도 없었다. 처음에 사자는 사고로 불이 붙어서 오즈가 타고 있는 건 아닌가 생각했다. 좀 더 가까이 다가가 보려 했지만 그 열기가 어찌나 강한지 사자의 수염 끝이 타 버릴 정도였다. 결국 사자는 덜덜 떨며 문이 있는 곳까지 물러나고 말았다.

그때 불덩어리에서 낮고 조용한 목소리가 들려왔다.

"나는 위대하고 무서운 오즈다. 넌 누구이며 왜 나를 만나려 하는 것이냐?"

사자가 대답했다.

"저는 모든 것을 무서워하는 겁쟁이 사자입니다. 저에게 용기를 달라고 부탁하려고 왔습니다. 사람들이 저를 부르는 것처럼 현실에서 맹수의 왕이 될 수 있도록 말입니다."

"내가 왜 너에게 용기를 주어야 하지?"

오즈가 물었다.

"당신이 모든 마법사 중에서 가장 위대하며 유일하게 제 소원을 들어줄 능력이 있기 때문이지요."

사자가 대답했다.

불덩어리는 한동안 맹렬히 타오르더니 말했다.

"사악한 마녀가 죽었다는 증거를 가지고 오너라. 그러면 당장 너에게 용기를 주겠다. 하지만 마녀가 살아 있는 한 넌 겁쟁이로 남아야 한다."

이 말에 사자는 화가 났지만 아무런 대답도 할 수 없었다. 아무 말 없이 불덩어리를 보고 있자니 불덩어리는 점점 더 거세게 타올랐다. 사자는 무서워 방에서 허둥지둥 달려 나왔다. 자신을 기다리고 있는 친구들을 보니 무척 반가웠다. 사자는 마법사와 나누었던 무시무시한 이야기를 친구들에게 들려주었다.

"이제 우리는 어떻게 하지?"

도로시가 슬픈 목소리로 묻자 사자가 대답했다.

"우리가 할 수 있는 일은 오직 한 가지야. 윙키들의 나라로 가서 사악한 마녀를 찾아 죽이는 거야."

"하지만 죽이지 못하면?"

도로시가 물었다.

"그렇게 되면 난 절대 용기를 얻을 수 없게 되겠지."

사자가 단호하게 말했다.

"난 뇌를 얻을 수 없을 거고."

허수아비가 덧붙여 말했다.

"난 심장을 얻을 수 없겠군."

양철 나무꾼이 말했다.

"난 엠 숙모와 헨리 삼촌을 다시는 만날 수 없을 거야."

도로시는 그렇게 말하고 울기 시작했다.

"조심해요! 초록색 실크 가운에 눈물이 떨어지면 얼룩이 생기잖아요."

초록 소녀가 소리쳤다.

그러자 도로시는 눈물을 닦고 말했다.

"내 생각엔 한번 시도라도 해 봐야겠어. 하지만 난 정말 아무도 죽이고 싶지 않아. 그게 엠 숙모를 다시 만나기 위해서 하는 일이라 하더라도 말이야."

"나도 함께 갈게. 하지만 마녀를 죽이기엔 난 너무 겁이 많아."

사자가 말했다.

"나도 갈게. 하지만 큰 도움은 못될 거야. 난 정말 멍청하니까."

허수아비가 딱 잘라 말했다.

"설령 마녀라 하더라도 해치고 싶은 마음은 없어. 하지만 너희들이 간다면 나도 꼭 함께 갈게."

양철 나무꾼이 말했다.

그렇게 해서 그들은 다음날 아침에 다시 출발하기로 했다. 나무꾼은 초록색 숫돌에 도끼를 갈고 모든 이음매에 적당하게 기름칠을 했다. 허수아비는 새 지푸라기로 몸을 채워 넣었고 도로시는 허수아비가 좀 더 잘 볼 수 있도록 눈을 다시 그려 주었다. 도로시와 일행들에게 친절하게 대해 주었던 초록 소녀는 도로시의 바구니에 먹을 것을 잔뜩 담아 주고 초록색 끈에 종을 달아 토토의 목에 매어 주었다.

모두 일찍 잠자리에 들었고 날이 밝을 때까지 푹 잘 잤다. 그리고 궁전 뒤뜰에 사는 초록 수탉의 울음소리와 초록색 달걀을 낳은 암탉의 꼬꼬댁 소리에 잠이 깼다.

12. 사악한 마녀를 찾아

초록색 구레나룻 수염의 병사는 도로시 일행을 데리고 에메랄드 도시의 거리를 지나 수문장이 살고 있는 방으로 갔다. 수문장은 그들이 쓰고 있는 안경을 풀어 다시 커다란 상자 속에 넣고는 정중하게 문을 열어 주었다.

"어느 길로 가면 사악한 서쪽 마녀를 만날 수 있나요?"

도로시가 물었다.

"길은 없습니다. 어느 누구도 그리로 가고 싶어 하지 않으니까요."

수문장이 대답했다.

"그럼 어떻게 서쪽 마녀를 찾죠?"

도로시가 다시 물었다.

"쉬울 겁니다. 당신들이 윙키들의 나라로 가면 서쪽 마녀가 당신들을 찾아내서 노예로 삼을 테니까요."

수문장이 대답했다.

"그러지 못할걸요. 우리가 서쪽 마녀를 없애 버릴 테니까요."

허수아비가 말했다.

그러자 수문장이 말했다.

"아, 그럼 이야기가 다르죠. 지금까지 마녀를 해친 사람은 아무도 없었기 때문에 전 당연히 마녀가 당신들을 노예로 만들어 버릴 거라고 생각했던 거예요. 지금까지 그랬던 것처럼 말이에요. 하지만 조심하세요. 마녀는 사악하고 난폭해요. 당신들에게 쉽게 당하지 않을 거예요. 해가 지는 서쪽으로 계속 가면 마녀를 만날 수 있을 겁니다."

도로시와 친구들은 수문장에게 고맙다고 인사를 하고 작별을 고했다. 그러고는 데이지와 미나리아재비가 여기저기 피어 있는 부드러운 풀밭을 걸어 서쪽을 향해 가기 시작했다. 도로시는 궁전에서 입었던 실크 드레스를 아직도 입고 있었는데 놀랍게도 그 드레스는 이제 초록색이 아니라 하얀색으로 변해 있었다. 토토의 목에 둘려 있던 끈도 초록색이 아니라 도로시의 드레스처럼 하얀색으로 바뀌어 있었다.

어느새 에메랄드 도시는 저 뒤로 멀어져 갔다. 도로시와 친구들이 앞으로 나아갈수록 땅은 거칠고 울퉁불퉁해졌다. 서쪽 나라에는 농장도 집도 없었으며 땅은 농사를 짓지 않았다.

오후가 되자 얼굴 위로 햇볕이 따갑게 내리쬐었다. 그늘을 만들어 줄 나무가 한 그루도 없었기 때문이다. 그래서 저녁이 되기도 전에 도로시와 토토와 사자는 지쳐서 풀밭에 쓰러져 잠이 들었고 나무꾼과 허수아비는 그들을 지켜 주었다.

사악한 서쪽 마녀는 눈이 하나밖에 없었지만 그 눈은 망원경처럼 강력해서 어디든 볼 수 있었다. 자신의 성문 안에 앉아 우연히 주위를 둘러보던 서쪽 마녀는 잠들어 누워 있는 도로시와 친구들을 보게 되었다. 그들은 아주 멀리 있었지만 사악한 마녀는 그들이 자신의 나라에 있다는 사실에 화가 나서 목에 걸고 있던 은호각을 불었다.

호각을 불자마자 사방에서 커다란 늑대들이 떼로 달려 나왔다. 다리가 길고 눈이 사나우며 이빨이 날카로운 늑대들이었다.

"가서 저들을 갈기갈기 찢어 놓아라."

마녀가 말했다.

"저들을 노예로 삼지 않으실 겁니까?"

대장 늑대가 물었다.

"그래. 한 놈은 양철로 만들었고 또 한 놈은 지푸라기로 만들었어. 하나는 여자아이고 또 하나는 사자야. 일하는 데 쓸모가 없으니 갈기갈기 찢어 버려."

마녀가 말했다.

"잘 알겠습니다."

대장 늑대는 무리를 이끌고 전속력으로 달려갔다.

다행히도 허수아비와 나무꾼이 말똥말똥 깨어 있어서 늑대들이 오는 소리를 들을 수 있었다.

"내가 맡을 테니 넌 내 뒤에 있어. 늑대가 오는 대로 내가 싸우겠어."

나무꾼은 날카롭게 갈아 놓은 도끼를 집어 들었다. 대장 늑대가 달려들자 양철 나무꾼은 팔을 휘둘러 목을 댕강 잘라 버렸다. 대장 늑대는 그 자리에서 죽고 말았다. 나무꾼이 도끼를 들자마자 다른 늑대가 달려들었지만 그 늑대 역시 나무꾼의 날카로운 도끼날에 쓰러지고 말았다. 모두 마흔 마리였던 늑대는 한 마리씩 죽어 나갔고 늑대들의 시체는 나무꾼 앞에 언덕을 이루었다.

마침내 나무꾼은 도끼를 내려놓았다. 옆에 앉은 허수아비가 말했다.

"정말 잘 싸웠어, 친구."

그들은 다음날 아침, 도로시가 잠에서 깰 때까지 기다렸다.

어린 소녀는 털투성이 늑대가 잔뜩 쌓여 있는 것을 보고 잔뜩 겁을 먹었다. 양철 나무꾼은 밤새 있었던 일을 이야기했고, 도로시는 모두의 목숨을 구해 준 나무꾼에게 고맙다고 말했다. 도로시는 앉아서 아침을 먹었다. 그리고 다 함께 길을 떠났다.

그날 아침 사악한 마녀는 성문에 서서 멀리 떨어진 것도 볼 수 있는 한쪽 눈으로 성 밖을 내다보았다. 자신이 보낸 늑대들은 모두 죽어서 널브러져 있고 낯선 이들은 아직도 자신의 나라를 여행하고 있었다. 이 모습에 더욱 화가 난 마녀는 은호각을 두 번 불었다.

곧바로 야생 까마귀 떼가 하늘을 새까맣게 덮으며 마녀에게로 날아왔다. 사악한 마녀가 까마귀 왕에게 말했다.

"당장 날아가 저 침입자들의 눈을 쪼고 갈기갈기 찢어 버려라."

야생 까마귀들은 거대하게 떼를 지어 도로시 일행을 향해 날아갔다. 까마귀 떼가 날아오는 것을 본 도로시는 겁에 질렸다.

그때 허수아비가 말했다.

"이번엔 내가 맡겠어. 내 옆에 누워 있으면 다치지 않을 거야."

그래서 허수아비를 제외하고 다들 바닥에 누웠고 허수아비는 선 채로 두 팔을 뻗었다. 언제나 그렇듯 까마귀 떼는 허수아비를 보고 두려워서 감히 더 가까이 다가가지 못했다.

하지만 까마귀 왕이 말했다.

"지푸라기로 만든 허수아비일 뿐이다. 내가 허수아비의 눈을 쪼겠다."

까마귀 왕이 달려들자 허수아비는 까마귀의 목을 붙잡아 비틀어 죽여 버렸다. 그러자 다른 까마귀가 달려들었고 허수아비는 또 목을 비틀어 버렸다. 까마귀는 모두 마흔 마리였는데 허수아비는 한 마리 씩 마흔 번 목을 비틀었고, 결국 까마귀들은 모두 죽어 허수아비 옆에 쓰러지고 말았다. 허수아비는 친구들에게 일어나라고 말했고 그들은 계속 길을 떠났다.

사악한 마녀는 다시 밖을 살피다가 자신이 보낸 까마귀들이 죽어서 쌓여 있는 것을 보고는 화가 나서 노발대발하며 은호각을 세 번 불었다.

그러자 윙윙거리는 소리가 엄청 크게 들리더니 검은 벌 떼가 날아왔다.

"저 침입자들에게 가서 침을 쏘아 죽여라!"

마녀의 명령을 받은 벌들은 도로시와 친구들이 있는 곳으로 재빨리 날아갔다. 하지만 나무꾼이 벌 떼가 날아오는 것을 알아챘고 허수아비는 어떻게 할지 마음을 정했다.

"내 몸에서 지푸라기를 꺼내 도로시와 토토, 사자에게 덮어 줘. 그러면 벌들이 쏘지 못할 거야."

도로시가 토토를 안고 사자 옆에 바짝 다가가 누웠고 나무꾼은 허수아비가 시키는 대로 지푸라기를 꺼내 그들을 완전히 덮었다.

벌 떼가 날아왔을 때는 나무꾼 말고는 아무도 보이지 않았다. 벌 떼는 나무꾼에게 달려들었다. 하지만 나무꾼은 전혀 다치지 않았고 양철에 부딪힌 벌침만 모두 부러지고 말았다. 침이 부러지면 벌은 더 이상 살 수 없기 때문에 검은 벌들은 그대로 죽고 말았다. 죽은 벌들은 마치 작은 석탄 더미처럼 나무꾼 주변에 새까맣게 흩어졌다.

도로시와 사자가 일어났다. 도로시는 나무꾼을 도와서 허수아비의 몸속에 다시 지푸라기를 집어넣어 예전처럼 보기 좋게 만들었다. 그러고 나서 다 함께 길을 떠났다.

마녀는 자신이 보낸 벌들이 석탄 더미처럼 쌓여 있는 것을 보고는 너무 화가 나 발을 구르고 머리를 뜯고 이를 갈았다. 마녀는 자신의 노예인 윙키 열두 명을 불러 날카로운 창을 주며 침입자들을 해치우라고 명령했다.

윙키 부족은 용감한 사람들이 아니었지만 시키는 대로 해야 했기 때문에 도로시가 있는 곳까지 걸어갔다. 사자는 윙키들을 보고는 큰 소리로 으르렁거리며 달려들었다. 그러자 가엾은 윙키들은 겁에 질려 걸음아 날 살려라 달아나 버렸다.

윙키들이 성으로 돌아오자 사악한 마녀는 채찍으로 그들을 흠씬 때려 주고는 일터로 돌려보냈다. 그리고 앉아서 저 침입자들을 어떻게 처리할지 고민했다. 마녀는 침입자를 없애려는 자신의 계획이 어째서 모두 실패했는지 알 수가 없었다. 하지만 사악할 뿐 아니라 강력한 힘을 가진 마녀는 이제 어떻게 할 것인지 바로 결정했다.

마녀의 벽장에는 다이아몬드와 루비가 둘려 있는 황금 모자가 있었는데 이 황금 모자에는 마력이 있었다. 누구든 이 모자를 가진 사람은 자신의 명령에 복종하는 날개 달린 원숭이들을 세 번 불러낼 수 있었다. 하지만 누구도 세 번 이상 명령을 내릴 수는 없었다. 사악한 마녀는 이 모자의 마력을 벌써 두 번 써 버렸다. 한 번은 윙키 부족을 자신의 노예로 만들고 그들의 나라를 차지할 때였다. 날개 달린 원숭이들은 마녀를 도왔다. 두 번째는 위대한 오즈와 싸워 그를 서쪽 나라에서 쫓아낼 때였다. 그때도 날개 달린 원숭이들이 마녀를 도와주었다. 마녀는 딱 한 번더 이 황금 모자를 쓸 수 있었지만 자신이 가진 힘을 모두 다 써버릴 때까지는 마지막 남은 기회를 쓰고 싶지 않았다. 하지만 사나운 늑대와 야생 까마귀, 벌들이 모두 죽고 노예들마저 겁쟁이 사자에게 쫓겨 온 이상 도로시와 그 친구들을 없앨 수 있는 방법은 오직 한 가지뿐이라는 생각이 들었다.

사악한 마녀는 벽장에서 황금 모자를 꺼내 머리에 썼다. 그리고 왼발로 서서 천천히 말했다.

"에페, 페페, 카케!"

다음에는 오른발로 서서 말했다.

"힐로, 홀로, 헬로!"

이번에는 양쪽 발로 서서 큰 목소리로 소리쳤다.

"지지, 주지, 지크!"

그러자 마법이 일어나기 시작했다. 하늘이 어두워지면서 낮게 우르릉거리는 소리가 들려왔다. 이어 재빠르게 움직이는 날개 소리가 들렸다. 그것은 재잘거리는 것 같기도 하고 웃는 것 같기도 한 소리였다. 어두운 하늘에서 태양이 얼굴을 내밀자 원숭이들에게 둘러싸인 사악한 마녀의 모습이 드러났다. 원숭이들의 어깨에는 거대하고 강력한 날개가 돋아 있었다.

다른 원숭이들에 비해 월등하게 몸집이 커서 우두머리인 듯 보이는 원숭이가 마녀에게 날아오더니 말했다.

"우리를 세 번째로 부르셨군요. 마지막 기회라는 걸 잊지 않으셨겠죠? 무엇을 명하시겠습니까?"

"내 땅에 들어온 침입자에게 가서 사자만 빼고 모두 없애 버려라. 그 짐승은 나에게 데리고 오너라. 말처럼 마구를 씌워 일을 시키겠다."

"분부 받들겠습니다."

우두머리 원숭이가 말했다. 그리고 날개 달린 원숭이들은 다시 엄청나게 시끄러운 소리를 내며 도로시와 친구들이 있는 곳으로 날아갔다.

몇몇 원숭이들이 양철 나무꾼을 붙잡아 날카로운 바위들로 가득 덮인 곳으로 날아가 그곳에서 나무꾼을 떨어뜨려 버렸다. 한참 아래로 떨어져 바위에 부딪힌 나무꾼은 가엾게도 너무 심하게 찌그러져 움직일 수도 없었고 신음 소리조차 내지 못했다.

또 다른 원숭이들은 허수아비를 잡아서 그 긴 손가락으로 허수아비의 몸과 머리에 있던 지푸라기를 모두 끄집어냈다. 그런 다음 허수아비의 모자와 신발과 옷을 둘둘 말아서 키 큰 나무 꼭대기 위로 던져 버렸다.

나머지 원숭이들은 튼튼한 밧줄을 던져 사자의 몸과 머리와 다리를 돌돌 감아 묶어 버렸다. 그러고는 아무리 애를 써도 물지도, 할퀴지도, 발버둥치지도 못하게 된 사자를 들고 마녀의 성까지 날아가서 작은 뜰에 가둔 뒤 절대 도망치지 못하도록 철제 울타리를 높이 쳐 놓았다.

그런데 원숭이들도 도로시를 해치지는 못했다. 도로시는 토토를 안고 서서 친구들의 슬픈 운명을 지켜보며 이제 곧 자신의 차례가 다가올 거라 생각했다. 그때 우두머리 원숭이가 도로시에게 날아오더니 무시무시한 얼굴에 씩 미소를 띠며 털이 덥수룩한 팔을 뻗었다. 하지만 도로시의 이마에 있는 착한 마녀의 입맞춤 자국을 보는 순간 그 자리에 멈춰 섰다. 그리고 다른 원숭이들에게 도로시를 건드리지 말라는 손짓을 했다.

"감히 이 소녀를 해칠 수는 없다. 이 아이는 선의 힘으로 보호받고 있기 때문이다. 그 선의 힘은 악의 힘보다 더 강하다. 우리가 할 수 있는 일은 사악한 마녀의 성으로 데려가 그곳에 두는 것이다."

원숭이들은 살며시 그리고 조심스럽게 도로시를 들어 올려 재빨리 성까지 날아가 문 앞 계단에 내려놓았다.

우두머리 원숭이가 마녀에게 말했다.

"저희는 할 수 있는 데까지 명령에 따랐습니다. 양철 나무꾼과 허수아비는 모두 망가뜨렸고 사자는 마당에 묶어 두었습니다. 하지만 소녀와, 소녀가 안고 있는 강아지는 감히 해칠 수 없었습니다. 우리를 지배하고 있는 힘은 이제 끝났습니다. 이제 다시는 우리를 만날 수 없을 겁니다."

날개 달린 원숭이들은 시끄럽게 웃고 떠들며 하늘로 날아오르더니 곧 시야에서 사라졌다.

도로시 이마에 있는 자국을 본 사악한 마녀는 놀라는 한편 걱정도 됐다. 날개 달린 원숭이뿐 아니라 자신 또한 소녀를 해칠 수 없다는 것을 잘 알고 있었기 때문이다. 도로시의 발을 내려다본 마녀는 은구두를 발견하고는 두려움으로 덜덜 떨기 시작했다. 마녀는 은구두에 강력한 마력이 있다는 것을 알고 있었다. 처음에는 달아날까도 생각했다. 하지만 우연히 도로시의 눈과 마주쳤을 때 그 눈빛 속의 영혼이 얼마나 순진한지 알게 됐다. 이 소녀는 은구두가 갖고 있는 놀라운 힘을 모를 거라는 생각이 들었다. 사악한 마녀는 혼자 웃으며 생각했다.

　'저 아이는 자신의 힘을 어떻게 쓰는지도 모르니 내 노예로 삼으면 되겠구나.'

　마녀는 도로시에게 잔인하고 혹독하게 말했다.

　"따라와! 그리고 내가 시키는 건 모두 해라. 만약 내가 시키는 대로 하지 않으면 양철 나무꾼과 허수아비처럼 널 끝장내 버리겠어."

　도로시는 마녀를 따라 수없이 많은 아름다운 방을 지나 부엌에 도달했다. 그곳에서 마녀는 도로시에게 냄비와 주전자를 씻고 바닥을 쓸고 장작불을 지피라고 명령했다.

　도로시는 사악한 마녀가 자신을 죽이지 않기로 결정한 것만으로도 다행이라는 생각이 들어 열심히 일하기로 마음먹었다. 그래서 순순히 마녀의 말을 따랐다.

　도로시가 열심히 일을 하는 동안 마녀는 안뜰로 가서 겁쟁이 사자에게 말처럼 마구를 씌워야겠다고 생각했다. 마녀는 자신이 외출할 때마다 사자가 마차를 끌어 줄 거라 생각하니 기분이 좋아졌다. 그런데 마녀가 문을 열자 사자는 큰 소리로 포효하며 마녀를 향해 거칠게 달려들었다. 마녀는 너무 무서워 밖으로 달려나가 다시 문을 닫았다. 그러고는 문의 창살 사이로 사자에게 말했다.

"마구를 차지 않는 한 넌 굶어 죽게 될 거야. 내가 시키는 대로 할 때까지 너에게 먹을 것을 주지 않을 테니까."

마녀는 갇혀 있는 사자에게 정말로 먹을 것을 가져다주지 않았다. 그리고 매일 정오에 안뜰 문으로 가서 물었다.

"말처럼 마구를 찰 준비가 되었느냐?"

그러면 사자는 대답했다.

"아니. 이 마당으로 들어오면 널 물어 버릴 거다."

사자가 마녀의 명령대로 하지 않아도 되었던 것은 매일 밤 마녀가 잠이 들어 있는 동안 도로시가 찬장에서 음식을 꺼내 사자에게 가져다주었기 때문이다. 음식을 먹고 나면 사자는 짚더미에 드러누웠고 도로시는 그 옆에 누워 부드럽고 긴 갈기에 손을 얹고는 어떻게 이곳에서 도망갈지 이야기를 나누었다. 하지만 성을 빠져나갈 방법을 찾을 수 없었다. 사악한 마녀의 노예이며, 마녀가 너무 무서워 그녀가 시키는 대로 하는 노란 윙키들에게 끊임없이 감시를 당하고 있었기 때문이었다.

도로시는 낮에는 열심히 일을 해야 했다. 가끔 마녀는 언제나 손에 들고 다니는 낡은 우산으로 도로시를 때리려는 듯 겁을 주었다. 하지만 사실 도로시의 이마에 있는 자국 때문에 마녀는 감히 도로시를 때리지 못했다. 이 사실을 모르는 도로시는 자신과 토토가 맞을까봐 잔뜩 겁에 질렸다. 마녀가 우산으로 토토를 세게 한 번 친 적이 있었는데 그 용감한 강아지는 마치 보답이라도 하듯 마녀에게 달려들어 다리를 물어뜯었다. 하지만 토토가 문 마녀의 다리에서는 피가 흐르지 않았다. 어찌나 사악했던지 몸속의 피가 오래전에 이미 다 말라 버린 것이었다. 캔자스와 엠 숙모에게 돌아가는 일이 그 어느 때보다도 힘들어졌다는 것을 깨닫게 되면서 도로시의 생활은 몹시 서글퍼졌다. 가끔 도로시는 몇 시간이고 목 놓아 울었는데 그때마다 토토는 도로시의 발치에 앉아 도로시 얼굴을 보며 어린 꼬마 주인이 너무 안타깝다는 듯 슬프게 낑낑거리곤 했다. 사실 토토는 도로시와 함께라면 캔자스에 있든 오즈의 나라에 있든 아무런 상관이 없었다. 하지만 도로시가 슬퍼하고 있다는 것을 알기에 토토도 슬펐던 것이다.

이제 사악한 마녀는 도로시가 늘 신고 있는 은구두가 너무도 간절하게 갖고 싶어졌다. 자신의 벌과 까마귀와 늑대들은 땅에 널브러진 채 말라 가고 있었고 황금 모자의 마력도 다 써 버린 상태였다. 은구두를 손에 넣을 수만 있다면 잃어버린 모든 힘을 합한 것보다 더 강력한 힘을 얻을 수 있을 것이다. 마녀는 도로시가 은구두를 벗으면 훔쳐 갈 생각으로 도로시를 조심스레 지켜보았다. 하지만 도로시는 자신의 예쁜 구두가 무척 자랑스러워 밤에 잘 때와 샤워할 때만 빼고는 절대 신을 벗지 않았다. 어둠을 몹시 무서워하는 마녀는 밤에 도로시의 방으로 구두를 가지러 갈 엄두가 나지 않았다. 또 어둠보다도 물을 더 무서워했기 때문에 도로시가 목욕을 하고 있을 때는 절대 가까이 다가가지 않았다. 늙은 마녀는 절대 물을 건드리지 않았고 물이 자신의 몸에 닿게 하지도 않았다.

하지만 아주 교활한 마녀는 자신이 원하는 것을 얻기 위한 계략을 결국 생각해 내고야 말았다. 마녀는 부엌 바닥 한가운데에 쇠로 된 막대 하나를 놓아두고 마법을 걸어 사람의 눈에 그 막대가 보이지 않게 만들었다. 바닥을 걸어가던 도로시는 보이지 않는 그 막대에 걸려 그만 꽈당 넘어지고 말았다. 많이 다치지는 않았지만 은구두 한 짝이 벗겨지고 말았다. 마녀는 도로시가 그 구두를 줍기 전에 휙 낚아채서 자신의 앙상한 발에 얼른 신어 버렸다.

마녀는 자신의 계략이 성공한 것이 매우 흐뭇했다. 은구두 한 짝을 가진 이상 은구두가 가진 마력의 절반을 차지하게 된 것이기 때문이었다. 이제 도로시는 마녀에게 대항해서 은구두의 마력을 쓸 수 없게 됐다. 물론 어떻게 하는지도 몰랐지만 말이다.

도로시는 예쁜 구두 한 짝을 잃어버린 게 너무 화가 나 마녀에게 말했다.

"구두를 돌려주세요!"

"싫어. 이제는 네 게 아니라 내 거야."

마녀가 응수했다.

"정말 못됐군요! 당신에겐 내 구두를 가지고 갈 권리가 없다고요!"

도로시가 소리쳤다.

그러자 마녀가 도로시를 비웃으며 말했다.

"아무튼 내가 갖고 있겠다. 그리고 언젠가 나머지 한 짝도 내 손에 넣고 말겠어."

그 말을 들은 도로시는 어찌나 화가 나는지 옆에 있던 물 양동이를 집어 들어 마녀에게 쏟아붓고 말았다. 마녀는 머리에서 발끝까지 홀딱 젖고 말았다.

그 순간 마녀는 너무나 무서워 큰 소리로 울부짖었다. 깜짝 놀란 도로시가 쳐다보자 마녀는 비명을 지르며 달아나기 시작했다.

"네가 무슨 짓을 했는지 보라고! 난 곧 녹아 없어질 거야!"

"정말 미안해요!"

바로 눈앞에서 갈색 설탕처럼 마녀가 녹아 없어지는 것을 보니 도로시는 너무나 무서웠다.

"물이 나를 죽인다는 걸 몰랐니?"

마녀가 절망 가득한 목소리로 울부짖었다.

"물론 몰랐죠. 제가 어떻게 알았겠어요?"

도로시가 물었다.

"잠시 후에 난 완전히 녹아 버릴 거야. 그러면 이 성은 이제 네 차지다. 오랫동안 사악한 짓을 해 왔지만 너 같은 꼬마 소녀가 나를 녹이고 내 악행에 종말을 가져올 거라고는 생각지도 못했어. 이것 봐, 난 이제 간다!"

마녀는 이 말과 함께 쓰러지며 형체도 없는 갈색 덩어리로 녹더니 깨끗한 부엌 바닥 위로 쫙 퍼졌다. 도로시는 마녀가 녹아서 사라지는 것을 보고 물 한 양동이를 더 담아 와 그 위에 부어 버렸다. 그리고는 마녀의 흔적을 문밖으로 모두 쓸어 냈다. 도로시는 늙은 마녀에게서 남은 은구두를 주워서 물로 씻고 행주로 닦아 다시 신었다. 마침내 자유의 몸이 된 도로시는 사자에게 사악한 서쪽 마녀는 죽었고 이제 더 이상 이 낯선 땅에 갇혀 있지 않아도 된다는 사실을 말해 주기 위해 마당으로 달려 나갔다.

13. 친구들을 구하다

겁쟁이 사자는 사악한 마녀가 물 한 양동이에 녹아 버렸다는 이야기를 듣고 몹시 기뻐했다. 도로시는 사자가 갇혀 있던 문을 당장 열어 사자를 풀어 주었다. 둘은 함께 성으로 갔다. 그곳에서 도로시는 가장 먼저 윙키들을 모두 불러 모아 놓고 이제 그들이 더 이상 노예가 아니라는 사실을 알려 주었다.

노란 윙키들은 무척 기뻤다. 그들은 몇 년 동안 사악한 마녀를 위해 뼈 빠지게 일해야 했지만 마녀는 그들을 잔인하게 다룰 뿐이었다. 윙키들은 앞으로 이날을 축제일로 기념하기로 하고 춤을 추며 즐겁게 하루를 보냈다.

"허수아비와 양철 나무꾼이 함께 있었다면 정말 행복했을 텐데."

사자가 말했다.

"그들을 구할 수 없을까?"

도로시가 간절하게 물었다.

"해 볼 수는 있지."

사자가 대답했다.

도로시와 사자는 노란 윙키들을 불러 친구들을 구하는 걸 도와주겠는지 물었다. 윙키들은 자신들에게 자유를 되찾아 준 도로시를 위해 뭐든 기쁜 마음으로 온 힘을 다해 돕겠다고 말했다. 그래서 도로시는 똑똑해 보이는 윙키 몇 명을 뽑아 함께 출발했다. 그들은 그날 온종일 걷고 다음날에도 몇 시간 더 걸은 후에야 양철 나무꾼이 찌그러진 채 쓰러져 있는 바위투성이 들판에 도착했다. 나무꾼 옆에는 도끼가 놓여 있었지만 도끼날은 녹슬고 손잡이는 부러져 나가 있었다.

윙키들은 나무꾼을 조심스레 두 팔로 들어 올려 노란 성으로 데리고 갔다. 도로시는 돌아가는 동안 내내 자신의 오랜 친구가 처한 곤경에 눈물을 뚝뚝 흘렸고 사자 역시 슬픈 얼굴이었다.

성으로 돌아왔을 때 도로시가 윙키들에게 물었다.

"너희들 중에 양철공이 있니?"

"아, 그럼요. 아주 실력 있는 양철공이 있어요."

윙키들의 말을 듣고 도로시가 부탁했다.

"그럼 그들을 좀 데리고 와 줘."

양철공들이 가지고 있는 모든 연장을 바구니에 담아 오자 도로시가 물었다.

"양철 나무꾼 몸에 찌그러진 부분들을 펴서 원래 모양대로 다시 만들고 부러진 부분을 붙여 땜질을 해 줄 수 있겠니?"

양철공들은 나무꾼을 자세히 살펴보더니 예전처럼 고칠 수 있을 것 같다고 대답했다. 그러고는 성 안의 커다랗고 노란 방 안에서 일을 시작하더니 사흘 낮, 나흘 밤 동안 나무꾼의 몸과 머리와 다리를 망치질하고 꼬고 구부리고 땜질하고 갈고 두드렸다. 마침내 나무꾼은 예전의 모습을 되찾았고 모든 이음매도 예전처럼 잘 돌아갔다. 나무꾼의 몸에 덧대서 붙인 조각들이 몇 군데 남긴 했지만 양철공들의 솜씨가 워낙 좋은데다가, 나무꾼은 그렇게 허영심이 많지 않아 덧댄 조각들에 대해 전혀 신경 쓰지 않았다. 마침내 양철 나무꾼은 도로시의 방으로 걸어 들어가 구해 주어서 고맙다고 인사를 하며 기쁨의 눈물을 흘렸다. 도로시는 나무꾼의 이음매가 녹슬지 않도록 나무꾼의 얼굴에 흐르는 눈물을 앞치마로 꼼꼼하게 닦아 주어야 했다. 그와 동시에 도로시도 오랜 친구를 다시 만났다는 기쁨에 눈물이 줄줄 흘러내렸다. 하지만 이 눈물은 닦아 낼 필요가 없었다. 한편 사자는 눈물을 하도 닦아 꼬리 끝이 흥건히 젖어 버리는 바람에 마당으로 나가 햇볕에 들고 말려야 했다.

도로시에게서 그동안 있었던 일을 모두 들은 양철 나무꾼이 말했다.

"허수아비와 다시 함께할 수만 있다면 정말 기쁠 것 같아."

"허수아비를 찾을 수 있도록 애써 봐야지."

도로시가 말했다.

도로시는 다시 윙키들을 불러 모아 도움을 청했다. 그들은 온종일 걸어 키가 큰 나무가 있는 곳까지 갔다. 나뭇가지에는 날개 달린 원숭이들이 던진 허수아비의 옷이 걸려 있었다.

아주 키가 큰 나무였는데 둥치가 너무 매끈해서 아무도 기어 올라갈 수가 없었다. 그때 나무꾼이 말했다.

"내가 나무를 베어 쓰러뜨리면 허수아비의 옷을 되찾을 수 있을 거야."

양철공 윙키들이 나무꾼을 고치는 동안 금세공을 하는 윙키들은 낡고 부러진 손잡이 대신 단단한 금으로 된 손잡이를 만들어 나무꾼의 도끼에 붙여 놓았다. 그리고 또 다른 윙키들이 도끼날을 갈아 녹을 없애 놓아서 도끼날은 은처럼 반짝였다.

말을 마치자마자 나무꾼은 나무를 베기 시작했다. 나무는 곧 우지끈 소리를 내며 쓰러졌고 허수아비의 옷이 가지에서 떨어져 바닥에 뒹굴었다.

도로시는 옷을 주워 들더니 윙키들에게 성으로 가지고 가서 신선하고 깨끗한 지푸라기로 채우게 했다. 그랬더니 세상에! 허수아비는 다시 예전처럼 근사한 모습이 되었다. 허수아비는 자신을 구해 주어서 고맙다고 친구들에게 인사를 하고 또 했다.

양철공들은 사흘 낮 나흘 밤 동안 나무꾼을 고쳐 주었다.

이제 다시 모인 도로시와 친구들은 노란 성에서 행복하게 며칠을 보냈다. 그곳에는 그들이 편안하게 지낼 수 있는 모든 것들이 갖추어져 있었다. 하지만 어느 날 엠 숙모를 떠올린 도로시는 친구들에게 말했다.

"오즈에게 가서 약속을 지키라고 해야 해."

"그래, 난 내 심장을 꼭 얻고야 말겠어."

나무꾼이 말했다.

"난 뇌를 얻을 거야."

허수아비가 기쁨에 차서 말했다.

"난 용기를 얻을 거고."

사자가 생각에 잠겨 말했다.

"난 캔자스로 돌아갈 거야."

도로시가 두 손을 꼭 맞잡으며 소리쳤다.

"자, 내일 에메랄드 도시로 출발하자!"

도로시 일행은 다시 떠나기로 했다. 그래서 다음날 윙키들을 불러 작별을 고했다. 윙키들은 그들과 헤어지는 것이 무척 서운했다. 특히 양철 나무꾼에게 깊이 정이 든 윙키들은 나무꾼에게 서쪽의 노란 나라에 살면서 자신들을 다스려 달라고 애원했다. 하지만 도로시와 친구들이 떠나기로 결심했다는 것을 알고 토토와 사자에게는 황금 목줄 하나씩, 도로시에게는 다이아몬드가 박힌 아름다운 팔찌를 주었다. 허수아비에게는 넘어지지 않도록 윗부분이 황금으로 장식된 지팡이를, 양철 나무꾼에게는 금과 값비싼 보석이 박힌 은기름통을 주었다.

도로시와 친구들은 저마다 윙키들에게 감사의 인사를 하고 팔이 아플 때까지 서로 악수를 나누었다.

도로시는 길을 가는 동안 먹을 음식을 바구니에 담으려고 서쪽 마녀의 찬장으로 갔다가 황금 모자를 발견했다. 도로시가 써 보니 머리에 꼭 맞았다. 도로시는 황금 모자의 주문 같은 건 몰랐지만 모자가 무척 예뻐서 쓰고 가기로 했다. 쓰고 있던 분홍색 모자는 바구니에 넣었다.

떠날 채비를 마친 도로시와 친구들은 다 함께 에메랄드 도시를 향해 출발했다. 윙키들은 기운을 북돋아 주기 위해 세 번 만세를 외치고 행운을 빌어 주었다.

14. 날개 달린 원숭이들

앞에서도 말했지만 사악한 마녀의 성과 에메랄드 도시 사이에는 길—작은 오솔길조차—이 없었다. 처음에 도로시와 친구들이 마녀를 찾아왔을 때는 마녀가 날개 달린 원숭이들을 시켜 그들을 데려오게 했었다. 미나리아재비와 데이지가 피어 있는 넓은 들판을 헤치고 다시 길을 찾는 일은 원숭이들 손에 실려 가는 것보다 훨씬 더 힘든 일이었다.

물론 곧장 동쪽으로 가야 한다는 것은 알고 있었기에 그들은 태양이 떠오르는 곳을 향해 똑바로 걸어 나갔다. 하지만 정오가 되어 태양이 머리 위로 넘어가자 어디가 동쪽이고 어디가 서쪽인지 도무지 알 수 없게 되었고 결국 넓은 들판에서 길을 잃고 말았다. 하지만 그들은 계속해서 걸어갔다. 밤이 되자 달이 떠올라 그들을 환하게 비추었다. 도로시와 친구들은 달콤한 향기가 나는 진홍색 꽃 사이에 누워 아침까지 푹 잘 잤다. 물론 허수아비와 양철 나무꾼은 빼고 말이다.

다음날 아침 태양이 구름 뒤에 숨어 보이지 않았지만 그들은 마치 어디로 가야 할지 잘 알고 있다는 듯 다시 길을 나섰다.

"이렇게 계속 걸어가면 언젠가 어딘가에는 도착할 거야. 분명해."

도로시가 말했다.

하지만 며칠이 지나도 그들 앞에 보이는 거라고는 진홍색 꽃밭뿐이었다. 허수아비가 조금씩 투덜거리기 시작했다.

"길을 잃은 게 분명해. 에메랄드 도시로 가는 길을 제때 찾지 못하면 난 뇌를 얻을 수 없을 거야."

그러자 양철 나무꾼이 딱 잘라 말했다.

"내 심장도. 오즈에 도착할 때까지 도저히 못 기다리겠어. 이건 정말 긴 여행이라는 건 너희들도 인정해야 해."

그러자 겁쟁이 사자가 울먹이며 말했다.

"아무 곳에도 도착하지 못하고 계속 걸어갈 용기가 없어."

낙담한 도로시는 풀밭 위에 주저앉아 친구들을 바라보았고 친구들도 앉아서 도로시를 바라보았다. 토토는 난생 처음으로 머리를 스쳐 날아가는 나비를 쫓아갈 힘도 없이 지쳐 버렸다. 토토는 혀를 쭉 내밀고 헐떡이며 이제 어떻게 할 건지 묻기라도 하는 듯 도로시를 쳐다보았다.

그때 도로시가 한 가지 제안을 했다.

"들쥐를 부르면 어떨까? 들쥐들이 에메랄드 도시로 가는 길을 가르쳐 줄지도 몰라."

"맞아. 왜 진작 그 생각을 못 했지?"

허수아비가 소리쳤다.

도로시는 들쥐의 여왕이 준 뒤로 항상 목에 걸고 다니던 작은 호각을 불었다. 잠시 후 작은 발들이 후다닥 달려오는 소리가 들리더니 작은 회색 들쥐들이 떼를 지어 도로시에게로 달려왔다. 그 속에는 여왕 쥐도 있었다. 여왕 쥐가 작은 소리로 찍찍거리며 물었다.

"친구들을 위해 무엇을 도와드릴까요?"

"길을 잃었어요. 에메랄드 도시가 어디 있는지 가르쳐 줄래요?"

도로시가 물었다.

"물론이죠. 하지만 그곳은 엄청나게 멀어요. 당신들은 계속 반대편으로 걸어왔거든요."

그때 여왕 쥐가 도로시가 쓰고 있는 황금 모자를 보더니 말했다.

"왜 그 모자의 주문을 써서 날개 달린 원숭이들을 부르지 않은 거죠? 그러면 한 시간도 안 돼 오즈의 도시로 갈 수 있을 텐데요."

"주문이 있는 줄 몰랐어요. 어디 있죠?"

도로시가 깜짝 놀라 물었다.

"황금 모자 안쪽에 쓰여 있어요. 하지만 당신이 날개 달린 원숭이를 부를 거라면 우리는 도망가야 해요. 그 원숭이들은 장난기가 너무 많아 우리를 괴롭히는 걸 아주 재미있어 하거든요."

여왕 쥐가 말했다.

"나를 다치게 하지는 않을까요?"

도로시가 걱정스러운 듯 물었다.

"아, 그렇지는 않아요. 모자를 쓰고 있는 사람에게는 복종해야 하거든요. 그럼 안녕!"

여왕 쥐는 쥐들을 이끌고 급히 사라졌다.

도로시는 황금 모자의 안감에 글자들이 적혀 있는 것을 보았다. 그게 주문인 것 같아서 도로시는 지시문을 조심스레 읽은 후 모자를 머리에 얹었다. 그런 다음 왼발로만 서서 말했다.

"에페, 페페, 카케!"

"무슨 말이야?"

허수아비는 도로시가 뭘 하는지 몰라 물었다.

"힐로, 홀로, 헬로!"

이번에는 도로시가 오른발로만 서서 말했다.

"헬로!(*주문의 '헬로'를 인사 hello로 이해하고 답인사를 한 것.)"

양철 나무꾼이 차분하게 대답했다.

다시 두 발로 선 도로시가 말했다.

"지지, 주지, 지크!"

주문을 모두 외자 끽끽거리는 소리와 날개를 퍼덕거리는 소리가 시끄럽게 들리더니 날개 달린 원숭이 한 무리가 그들에게로 날아왔다. 우두머리 원숭이가 도로시 앞에 서서 허리를 굽혀 인사를 하고 물었다.

"무엇을 명하시겠습니까?"

"우리는 에메랄드 도시에 가고 싶어. 그런데 길을 잃었어."

도로시가 말했다.

"저희가 모셔다 드리겠습니다."

우두머리 원숭이가 대답했다.

그리고 그 말이 끝나기가 무섭게 원숭이 두 마리가 도로시를 두 팔로 잡고 날아갔다. 다른 원숭이들은 허수아비와 나무꾼과 사자를 데리고 날아갔고, 작은 원숭이 한 마리는 토토가 기를 쓰고 물려고 덤비는데도 토토를 안고 그들 뒤를 따라갔다.

처음에 허수아비와 양철 나무꾼은 좀 무서웠다. 날개 달린 원숭이들이 지난번에 자신들을 얼마나 심하게 다루었는지 기억하고 있었기 때문이다. 하지만 이번만큼은 아무에게도 해를 끼치려 하지 않는다는 것을 알고 한껏 즐거운 마음으로 공기를 가르면서 저 아래 예쁜 정원과 숲을 보며 행복한 시간을 가졌다.

도로시는 자신이 가장 큰 원숭이 두 마리 사이에서 별 어려움 없이 날고 있다는 것을 알았다. 그중 한 마리는 우두머리 원숭이였다. 그들은 팔로 의자를 만들어 도로시를 태우고 다치지 않게 하려고 무척 조심했다.

"왜 너희들은 황금 모자의 주문에 따라야 하는 거지?"

도로시가 묻자 우두머리 원숭이가 한바탕 크게 웃으며 대답했다.

"그건 아주 긴 이야기지요. 하지만 가야 할 길이 꽤 머니 원하신다면 그 이야기를 하면서 가도록 하죠."

"그 이야기를 듣고 싶어."

도로시가 대답했다.

우두머리 원숭이가 이야기를 시작했다.

"옛날에 우리는 자유로운 원숭이들이었습니다. 나무에서 나무 사이를 날아다니며 과일과 열매를 먹고, 다른 사람을 주인이라 부를 일도 없이 그냥 하고 싶은 대로 하며 큰 숲에서 행복하게 살았죠. 우리 중 몇몇은 가끔 장난기가 발동해서 땅으로 내려가 날개 없는 동물들의 꼬리를 끌어당기기도 하고 새들을 쫓거나 숲을 지나가는 사람들에게 열매를 던지기도 했죠. 우리는 자유로웠고 행복했고 매일 즐거웠어요. 하지만 그건 아주 오래전 오즈가 구름에서 내려와 이 땅을 다스리기 전의 이야기죠.

그 당시 저 멀리 북쪽에 아름다운 공주가 살고 있었어요. 그 공주 역시 강력한 마법사였죠. 공주의 마법은 오직 사람을 돕는 데만 쓰였고 선한 사람은 아무도 해치지 않는다고 하더라고요. 공주의 이름은 게이얼레트였고 커다란 루비 덩어리로 지은 멋진 궁전에서 살았죠. 모든 사람에게 사랑을 받았지만 사랑할 사람은 아무도 없다는 게 공주의 큰 슬픔이었어요. 아름답고 똑똑한 공주와 결혼하기에는 남자들이 하나같이 멍청하고 못생겼거든요. 그런데 공주는 마침내 잘 생긴데다가 나이에 비해 남자답고 똑똑한 소년을 찾았어요. 게이얼레트는 그 소년이 자라 어른이 되면 자신의 남편으로 삼으리라 결심하고 소년을 루비 궁전으로 데리고 왔어요. 그러고는 자신의 온갖 마법을 써서 어떤 여자든 원할 만큼 강하고 착하고 잘생긴 남자로 만들었죠. 퀠랄라라고 불리던 그 소년은 어른이 되자 온 나라에서 가장 멋지고 똑똑한 남자가 되었어요. 게이얼레트는 남자답게 자란 퀠랄라에게 흠뻑 사랑에 빠져 서둘러 결혼을 하기 위해 모든 것들을 준비시켰어요.

그 당시 우리 할아버지는 날개 달린 원숭이들의 왕이었어요. 우리 원숭이들은 게이얼레트의 궁전 근처 숲에 살고 있었죠. 그런데 우리 할아버지는 맛있는 음식보다도 장난을 좋아했죠. 결혼식을 앞둔 어느 날 할아버지는 다른 원숭이들과 함께 하늘을 날아다니다가 강가를 거닐고 있는 퀠랄라를 보았어요. 퀠랄라는 분홍색 실크와 자주색 벨벳으로 만든 고급스러운 옷을 차려입고 있었죠. 할아버지는 어떤 장난을 쳐 볼까 생각했어요. 할아버지가 명령을 내리자 원숭이들이 내려가 퀠랄라를 붙잡아서는 강 한가운데로 가서 강물 속에 떨어뜨렸죠.

할아버지가 소리쳤어요.

'멋진 친구, 헤엄쳐서 빠져나와 봐! 옷이 물에 젖었는지 어떤 지 한번 보라고.'

퀠랄라는 어찌나 똑똑한지 수영까지 잘했는데 그렇게 모든 것을 갖추었으면서 성격도 좋았어요. 물 위로 떠오른 그는 껄껄 웃으며 강가로 헤엄쳐 나왔죠. 그런데 그때 게이얼레트가 달려 와서는 실크와 벨벳으로 지은 퀠랄라의 옷이 강물에 흠뻑 젖은 걸 알게 됐어요.

공주는 몹시 화가 났어요. 물론 누가 그런 짓을 했는지도 알았죠. 공주는 날개 달린 원숭이들을 모조리 불러 모았어요. 그리고 원숭이들의 날개를 모두 묶고는 퀠랄라가 당한 것처럼 당해 보라며 강물 속에 던져 넣었어요. 하지만 할아버지는 간절하게 애원했어요. 날개가 묶인 채 물에 빠지면 모두 익사할 게 뻔했으니까요. 그리고 퀠랄라도 원숭이들을 용서해 주라고 말했죠. 결국 게이얼레트는 날개 달린 원숭이들은 앞으로 황금 모자의 주인이 내린 명령을 세 번 이행해야 한다는 조건으로 그들의 목숨을 살려 주었어요. 이 모자는 퀠랄라에게 줄 결혼 선물로 만들어졌는데 공주의 왕국 절반만큼의 가치가 있다고 하더라고요. 물론 할아버지와 모든 원숭이들은 그 조건에 당장 동의했죠. 그렇게 해서 우리는 그게 누가 됐든 황금 모자 주인의 명령을 세 번 따라야 하게 된 거랍니다."

"그래서 공주와 퀠랄라는 어떻게 됐어?"

흥미진진하게 듣고 있던 도로시가 물었다.

"퀠랄라가 황금 모자의 첫 번째 주인이 됐어요. 우리에게 소원을 처음으로 말한 사람이죠. 공주가 우리와 마주치는 걸 끔찍이도 싫어했기 때문에, 그는 공주와 결혼한 후 우리를 숲 속으로 불러 모으더니 다시는 공주 눈에 띄지 않는 곳에 떨어져 있으라고 명령했어요. 우리도 그 편이 좋았죠. 우리는 공주가 무서웠거든요. 황금 모자가 사악한 서쪽 마녀의 손에 들어갈 때까지는 그 명령만 지키면 됐어요. 서쪽 마녀는 우리를 시켜서 윙키들

149

을 노예로 만들었고 그 이후에는 오즈를 서쪽 나라에서 내쫓았
어요. 이제 황금 모자는 당신 것이니 우리에게 당신의 소원을 세
번 말할 권리가 있습니다."

우두머리 원숭이가 이야기를 마쳤을 때 도로시가 아래를 보
니 에메랄드 도시의 반짝이는 초록색 담이 보였다. 도로시는 원
숭이들이 그렇게 빨리 날아온 것이 놀라웠고 이제 여행이 끝났
다는 사실에 기뻤다. 날개 달린 원숭이들은 도로시와 친구들을
에메랄드 도시의 문 앞에 조심스레 내려놓았다. 우두머리 원숭
이는 도로시에게 고개 숙여 인사를 하더니 저 멀리 날아갔고 다
른 원숭이들도 그를 따라 날아갔다.

"정말 재미있는 여행이었어."

도로시가 말했다.

그러자 사자가 대꾸했다.

"그래, 덕분에 문제를 빨리 해결할 수 있었어. 네가 그 놀라
운 모자를 갖고 온 게 얼마나 다행인지 몰라!"

15. 오즈의 끔찍한 진실

도로시와 친구들은 에메랄드 도시의 커다란 문으로 걸어가 벨을 울렸다. 수문장은 벨을 몇 번이나 울린 후에야 문을 열어 주었다.

"이런! 당신들, 다시 돌아온 건가요?"

수문장이 깜짝 놀라며 물었다.

"우리를 보고서도 그러세요?"

허수아비가 대답했다.

"당신들은 사악한 서쪽 마녀를 만나러 간 줄 알았는데요."

"서쪽 마녀를 찾아갔죠."

허수아비가 말했다.

"그럼 마녀가 당신들을 다시 보내 준 건가요?"

수문장은 궁금한 듯 물었다.

"어쩔 수 없이 그렇게 됐죠. 마녀가 녹아 버렸거든요."

허수아비가 설명했다.

"녹아 버렸다고요! 아무튼 좋은 소식이군요. 누가 마녀를 녹였는데요?"

"도로시가요."

사자가 의젓하게 말했다.

"이런!"

수문장은 감탄하며 깊이 고개를 숙여 도로시에게 인사했다.

수문장은 도로시와 친구들을 작은 방으로 데리고 갔다. 그리고 커다란 상자에서 안경을 꺼내 지난번처럼 그들의 눈에 씌우고 잠갔다. 그런 다음 그들은 에메랄드 도시로 들어가는 문을 통과했다. 수문장에게서 이들이 사악한 서쪽 마녀를 녹여 버렸다는 이야기를 들은 사람들은 도로시와 친구들 주변으로 몰려들어 오즈의 궁전까지 무리 지어 따라갔다.

여전히 문 앞을 지키고 서 있던 초록 구레나룻의 병사가 당장 그들을 들여보내 주었다. 안에서 다시 아름다운 초록 소녀를 만났는데, 소녀는 위대한 오즈가 만날 준비가 될 때까지 도로시와 친구들이 쉴 수 있도록 각자 지난번에 썼던 방으로 안내해 주었다.

병사는 곧장 오즈에게로 가서 도로시와 친구들이 사악한 마녀를 없애고 다시 돌아왔다는 소식을 전했지만 오즈는 아무런 대답도 하지 않았다. 도로시와 친구들은 위대한 마법사가 당장 자신들을 부를 거라 생각했지만 오즈는 그러지 않았다. 다음날도, 그 다음날도, 또 그 다음날도 아무런 소식을 듣지 못했다. 지루하고 따분하게 기다리고 있던 그들은 오즈가 자신들을 보내 역경과 고난을 겪게 하고는 어떻게 이렇게 푸대접을 할 수 있을까 하는 생각에 결국 화가 나고 말았다. 마침내 허수아비는 초록 소녀에게, 만약 오즈가 당장 자신들을 만나 주지 않으면 날개 달린 원숭이들을 불러 마법사가 약속을 지킬 것인지 아닌지 알아보겠다고 겁을 주며 한 번 더 오즈에게 소식을 전해 달라고 했다. 이 말을 전해 들은 마법사는 잔뜩 겁에 질려 다음날 아침 아홉 시 사 분 정각에 접견실로 오라는 대답을 보냈다. 서쪽 나라에서 날개 달린 원숭이를 한 번 만난 적이 있는 마법사는 두 번 다시 원숭이들을 만나고 싶지 않았다.

도로시와 친구들은 각자 오즈가 주기로 약속한 선물을 생각하느라 한숨도 자지 못하고 밤을 보냈다. 도로시는 살짝 잠이 들었는데 캔자스로 돌아가는 꿈을 꾸었다. 꿈속에서 엠 숙모는 도로시가 다시 집에 돌아와 얼마나 좋은지 모르겠다고 말했다.

다음날 아침 정확하게 아홉 시가 되자 초록색 구레나룻 병사가 도로시와 친구들을 찾아왔고 사 분 뒤 그들은 다 함께 위대한 오즈의 접견실로 들어갔다.

다들 오즈가, 각자 자신이 봤던 모습으로 나타나리라 생각했지만 아무리 주위를 둘러봐도 방 안에는 아무도 없었다. 그들은 문에서 떨어지지 않은 채 서로 가까이 모여들었다. 그들이 보았던 오즈의 그 어떤 모습보다도 빈방에서 느껴지는 정적이 더 으스스했기 때문이다.

이윽고 커다란 돔 천장 꼭대기 어딘가에서 목소리가 들렸다. 그 목소리가 진지하게 말했다.

"나는 위대하고 무서운 오즈다. 왜 나를 찾는 거냐?"

도로시와 친구들이 다시 한 번 더 방 안 구석구석을 살펴보았지만 아무도 보이지 않았다.

도로시가 물었다.

"당신은 어디에 계신가요?"

"나는 어디에든 있다. 하지만 보통의 사람들 눈에는 보이지 않지. 너희들과 이야기를 할 수 있도록 이제 왕좌에 앉겠다."

그 순간 목소리가 왕좌에서 나오는 것 같아서 도로시와 친구들은 왕좌 앞으로 다가가 일렬로 섰다.

도로시가 말했다.

"우리에게 했던 약속을 지켜 달라고 이렇게 왔어요."

"무슨 약속?"

오즈가 물었다.

"사악한 마녀가 죽고 나면 저를 캔자스로 보내 주겠다고 약속하셨잖아요."

도로시가 말했다.

"저에게는 뇌를 주기로 하셨고요."

허수아비가 말했다.

"저에게는 심장을 주기로 하셨죠."

양철 나무꾼이 말했다.

"저에게는 용기를 주기로 하셨어요."

겁쟁이 사자가 말했다.

"사악한 마녀는 정말 죽었느냐?"

도로시는 묻는 목소리가 약간 떨린다고 생각하며 대답했다.

"그럼요. 제가 물 한 양동이로 마녀를 녹여 버렸어요."

"저런, 놀랍구나! 그럼 내일 다시 오너라. 생각할 시간이 필요하다."

"이미 시간을 충분히 가지셨잖아요!"

양철 나무꾼이 화가 나서 말했다.

"단 하루도 더 기다릴 수 없어요."

허수아비가 말했다.

"우리에게 한 약속을 지키셔야 해요!"

도로시가 소리쳤다.

사자는 마법사를 겁주는 게 더 나을 것 같아 큰 소리로 으르렁거렸다. 어찌나 사납고 무서웠던지 깜짝 놀란 토토가 달려 나가다가 구석에 세워져 있던 휘장을 넘어뜨리고 말았다. 휘장이 쿵 소리를 내며 넘어지자 다들 그쪽을 바라보았다. 다음 순간 도로시와 친구들은 모두 무척 놀라고 말았다. 그들이 본 것은 휘장이 가리고 있던 곳에 서 있는, 대머리에 주름진 얼굴을 한 작고 늙은 남자였다. 그 역시 도로시와 친구들만큼이나 놀란 것 같았다. 양철 나무꾼이 도끼를 높이 쳐들고 그 남자에게 달려가 소리쳤다.

"넌 누구냐?"

그러자 작은 남자가 떨리는 목소리로 대답했다.

"난 위대하고 무서운 오즈다. 나를 때리지 마라, 제발 부탁이야! 너희들이 원하는 건 뭐든 하겠다."

도로시와 친구들은 놀라고 실망스러워 그를 바라보았다.

"난 오즈가 커다란 머리일 거라 생각했어."

도로시가 말했다.

"난 오즈가 아름다운 여인일 거라 생각했는데."

허수아비가 말했다.

"난 무시무시한 짐승일 거라 생각했지."

양철 나무꾼이 말했다.

"난 불덩어리일 거라 생각했어."

사자가 고함쳤다.

그러자 그 작은 남자가 고분고분 말했다.

"아니, 너희들 모두 틀렸어. 난 너희들을 속이고 있었어."

"속였다고요! 그럼 당신은 위대한 마법사가 아닌가요?"

도로시가 외쳤다.

"쉿, 조용히 해. 그렇게 큰 소리로 말하면 밖에서 다 듣는다고. 그럼 난 끝장이야. 다들 내가 위대한 마법사인 줄 아니까."

"그럼 아닌가요?"

도로시가 물었다.

"절대 아니지. 난 그냥 평범한 사람이야."

"그 이상이죠. 당신은 사기꾼이에요."

허수아비가 슬픈 목소리로 말했다.

"맞아! 난 사기꾼이야."

작은 남자는 마치 그렇게 하면 기분이 좋아지기라도 하는 듯 두 손을 비비며 자신 있게 말했다.

"정말 너무해. 그럼 난 어떻게 심장을 얻지?"

양철 나무꾼이 물었다.

"내 용기는?"

사자가 물었다.

"내 뇌는?"

허수아비는 두 눈에서 흐르는 눈물을 옷소매로 닦으며 울부짖었다.

"이것 봐, 친구들. 제발 부탁인데 그런 사소한 일은 말하지 말아 줘. 나를 생각해 봐. 난 지금 들킬지도 모르는 끔찍한 문제에 처했다고."

"다른 사람들은 당신이 사기꾼이라는 걸 모르나요?"

도로시가 물었다.

"너희 넷과 나 말고는 아무도 몰라. 정말 오랫동안 모두를 속여 왔기 때문에 절대 이 사실을 들키면 안 될 것 같아. 너희들을

"맞아! 난 사기꾼이야."

접견실로 들인 건 정말 큰 실수였어. 난 내 신하들도 만나지 않아. 그들은 내가 아주 무서운 존재라고 믿고 있지."

오즈가 대답했다.

"그런데 어떻게 당신이 내 앞에서는 거대한 머리로 나타난 건지 이해가 안 되네요."

도로시가 의아해하며 말했다.

"그건 내 속임수지. 이리로 와 봐. 다 이야기해 줄게."

오즈가 말했다.

남자가 접견실 뒤 조그만 방으로 앞장서자 다들 따라갔다. 남자는 구석을 가리켰다. 그곳에는 종이를 두껍게 겹쳐 만든 커다란 머리가 놓여 있었는데 그 머리에는 꼼꼼하게 얼굴이 그려져 있었다.

"철사에 묶어 천장에서부터 내린 거야. 난 휘장 뒤에 서서 줄을 잡아당겨서 눈을 움직이고 입을 열게 했지."

"그럼 목소리는요?"

도로시가 물었다.

"아, 난 복화술사야. 내가 원하는 곳에서 목소리가 나는 것처럼 얼마든지 꾸밀 수 있지. 그래서 넌 목소리가 머리에서 나온다고 생각한 거야. 너희들을 속이려고 내가 사용한 것들이 여기 또 있어."

남자는 아름다운 여인으로 나타났을 때 썼던 옷과 가면을 허수아비에게 보여 주었다. 양철 나무꾼은 자신이 본 끔찍한 괴수가 단지 판자를 덧대 가죽을 이어 붙인 것일 뿐이라는 사실을 알게 됐다. 사자가 본 불덩어리 역시 사기꾼 마법사가 천장에 매단 것이었다. 그건 사실 솜뭉치였는데 기름을 부으면 불길이 치솟았다.

"당신은 그런 사기꾼이라는 사실을 부끄러워해야 해요."

허수아비가 말하자 작은 남자는 슬픈 얼굴로 말했다.

"그래, 정말 부끄러워하고 있어. 하지만 내가 할 수 있는 건 그것뿐인걸. 다들 앉아 봐. 의자가 많으니까. 그럼 내 이야기를 해 줄게."

도로시와 친구들은 앉아서 남자의 이야기에 귀를 기울였다.

"난 오마하에서 태어났는데……."

"어머, 그곳은 캔자스에서 멀지 않아요."

도로시가 소리쳤다.

"그렇지. 하지만 이곳에서는 멀지."

남자는 도로시를 쳐다보며 슬픈 얼굴로 고개를 저었다.

"난 자라서 복화술사가 되었어. 훌륭한 스승에게서 배웠기 때문에 내 복화술은 아주 훌륭했어. 또 난 어떤 새나 짐승의 소리도 흉내 낼 수 있었어."

여기서 남자는 "야옹." 하고 울었는데 어찌나 새끼 고양이와 똑같던지 토토가 귀를 쫑긋 세우고는 고양이가 어디 있는지 보려고 두리번거릴 정도였다.

오즈는 계속해서 이야기를 이어 나갔다.

"시간이 지나자 복화술사가 지겨워져 기구 타는 사람이 되었지."

"그게 뭐예요?"

도로시가 물었다.

"서커스가 열리는 날 기구를 타고 하늘 위로 올라가는 사람. 사람들은 그 광경을 보려고 돈을 내지."

남자가 설명했다.

"아, 이제 알겠어요."

도로시가 말했다.

"그런데 어느 날 내가 기구를 타고 올라갔는데 줄이 꼬여서 다시 내려올 수가 없게 됐어. 기구는 계속 올라가더니 구름 위까지 올라가 기류에 휩쓸려 엄청나게 멀리까지 날아갔지. 나는 꼬박 하루 동안 하늘 위를 날았어. 둘째 날 아침에 눈을 떠 보니 기구가 낯설지만 아름다운 나라 위를 떠다니고 있는 거야. 기구는 조금씩 아래로 내려갔고 덕분에 난 조금도 다치지 않았어. 난 낯선 사람들에게 에워싸이게 됐어. 그 사람들은 구름에서 내려온 나를 위대한 마법사라고 생각했지. 물론 난 그 사람들이 그렇게 생각하도록 내버려 뒀어. 그들은 나를 두려워했고 내가 시키는 거라면 뭐든 하겠다고 약속했거든. 나는 기분 전환도 할 겸 착한 사람들을 바쁘게 만들기도 할 겸, 이 도시와 내 궁전을 지으라고 명령을 내렸지. 백성들은 기꺼이 그리고 훌륭하게 해냈어. 난 아름답고 푸르른 이곳을 '에메랄드 도시'라고 불러야겠다는 생각을 했어. 그리고 이름에 좀 더 어울리도록 모든 백성들에게 초록색 안경을 씌웠지. 모든 것이 초록색으로 보이도록 말이야."

"그럼 여기에 있는 모든 것들이 사실은 초록색이 아닌가요?"

도로시가 물었다.

"다른 도시와 다를 바 없어. 하지만 초록색 안경을 쓰면 모든 것들이 초록색으로 보이는 거지. 에메랄드 도시는 아주 오래전에 완성됐어. 기구를 타고 여기에 왔을 때 난 젊었는데 지금은 아주 늙었으니까. 나의 백성들은 아주 오랫동안 초록 안경을 쓰고 있었기 때문에 그들 대부분은 여기가 정말 에메랄드 도시이며 보석과 값비싼 금속과 모두를 행복하게 해 주기 위해 필요한 것들로 가득한 아름다운 곳이라고 믿고 있어. 난 백성들에게 잘해 주었고 그들은 나를 좋아해. 하지만 이 궁전이 세워진 후로 난 문을 닫고 혼자 여기 있으면서 아무도 만나지 않았어.

내가 가장 두려워하는 것 중 하나가 마녀야. 왜냐하면 난 마법을 쓸 수 없지만 마녀들은 정말 대단한 일들을 할 수 있다는 사실을 알게 됐거든. 이 나라에는 마녀가 네 명 있어. 그들은 각자 동, 서, 남, 북쪽에 살고 있는 백성들을 다스리지. 다행히 북쪽 마녀와 남쪽 마녀는 착해서 나에게 아무런 해를 끼치지 않을 거라는 걸 알아. 하지만 동쪽 마녀와 서쪽 마녀는 정말 사악해서 내가 자기들보다 힘이 약하다고 생각하면 분명히 나를 해치려 들거야. 그런 이유로 난 오랫동안 그들을 두려워하며 살았어. 그러니 너희 집이 사악한 동쪽 마녀에게로 떨어졌단 이야기를 듣고

162

내가 얼마나 기뻤을지 상상할 수 있을 거야. 그래서 너희들이 왔을 때 서쪽 마녀를 없애 주기만 한다면 뭐든 해 주겠다고 기꺼이 약속을 한 거고. 그런데 지금 네가 마녀를 녹여 버렸다고 해도 약속을 지킬 수 없다고 말해야 하는 내 자신이 정말 부끄럽구나."

"당신은 정말 나쁜 사람이군요."

도로시가 말했다.

"아, 이런, 아니야. 난 정말 좋은 사람이야. 하지만 아주 나쁜 마법사지. 그건 인정하겠어."

"그럼 나에게 뇌를 줄 수 없는 건가요?"

허수아비가 물었다.

"넌 뇌가 필요 없어. 넌 이미 매일 뭔가를 배우고 있으니까. 아기들은 뇌가 있지만 아무것도 몰라. 지식은 경험에서 얻는 거니까. 이 세상에서 더 오래 살수록 넌 더 많은 경험을 얻게 될 거야."

"그 말이 사실일 수도 있겠죠. 하지만 당신이 뇌를 주지 않으면 전 아주 불행할 거예요."

가짜 마법사는 허수아비를 찬찬히 보더니 한숨을 쉬며 말했다.

"그럼 아까 말했듯이 난 마법사는 아니지만 내일 아침 나에게 오면 네 머리에 뇌를 넣어 줄게. 그걸 어떻게 사용하는 건지 내가 말해 줄 수는 없지만 네 스스로 그 방법을 찾아야겠지."

"아, 감사합니다, 감사합니다! 뇌를 사용하는 법을 알아내겠어요. 걱정 마세요!"

허수아비가 소리쳤다.

"그럼 제 용기는 어떻게 하죠?"

사자가 걱정스러운 듯 물었다.

"넌 이미 용감한 것 같은데. 너에게 필요한 건 너 자신에 대한 자신감이야. 이 세상에 살아 있는 것 중에 위험과 맞닥뜨렸을 때 두려워하지 않는 건 아무것도 없어. 진정한 용기는 두려울 때 위험에 맞서는 거야. 너에게 그런 용기는 이미 많아."

"용기가 있을지 모르지만 전 여전히 겁이 나요. 두렵다는 걸 잊을 수 있는 용기를 주지 않으면 전 정말 불행할 거예요."

사자가 말했다.

"알았다. 그럼 내일 너에게 그런 용기를 주지."

오즈가 대답했다.

"그럼 내 심장은요?"

양철 나무꾼이 물었다.

"글쎄 그건 말이야, 네가 심장을 원하는 건 잘못된 것 같은데. 심장은 사람들을 불행하게 만들거든. 네가 그 사실을 안다면 심장이 없다는 사실을 다행으로 여길 텐데."

"그건 생각의 차이예요. 내 생각엔 말이죠, 난 불평 한마디 없이 불행을 견딜 수 있을 것 같거든요. 당신이 심장만 준다면 말이에요."

그러자 오즈는 순순히 말했다.

164

"좋아. 내일 나에게 오면 심장을 줄게. 그렇게 오랫동안 마법사 노릇을 했으니 좀 더 마법사 노릇을 한다 해도 괜찮겠지."

"그럼 전 어떻게 캔자스로 돌아가죠?"

도로시가 물었다.

"그건 좀 더 생각해 봐야 할 문제야. 이삼 일만 더 시간을 주면 네가 사막을 건널 수 있는 방법을 생각해 보겠다. 그동안 너희들은 나를 찾아온 손님으로 대접받게 될 거야. 이곳 궁전에 머무르는 동안 내 백성들이 너희들의 시중을 들고 너희가 아무리 사소한 것을 원해도 다 들어줄 거야. 단, 내가 도와주는 것에 대한 보답으로 딱 한 가지만 부탁하겠다. 나의 비밀을 지켜 주고 아무에게도 내가 사기꾼이라는 걸 말하면 안 된다."

도로시와 친구들은 그들이 알게 된 사실에 대해 아무것도 말하지 않기로 약속하고 한껏 들떠 각자의 방으로 돌아갔다. 도로시마저 그를 '위대하고 무서운 사기꾼'이라고 하면서도 자신을 캔자스로 보내줄 방법을 찾아낼 거라고 자신했다. 그리고 만약 그렇게만 해 준다면 기꺼이 그의 모든 것을 용서해 줄 수 있었다.

16. 위대한 사기꾼의 마술

다음날 아침 허수아비가 친구들에게 말했다.

"축하해 줘. 마침내 뇌를 받으러 오즈에게 가게 됐어. 돌아올 때 난 여느 사람들처럼 되어 있을 거야."

"난 언제나 네 모습 그대로를 좋아했어."

도로시가 단순하게 말했다.

"허수아비를 좋아하다니 넌 정말 착해. 하지만 내 뇌가 만들어 내는 멋진 생각들을 들으면 분명히 넌 날 더 많이 좋아하게 될 거야."

허수아비는 들뜬 목소리로 모두에게 인사를 하고는 접견실로 가 문을 똑똑 두드렸다.

"들어와."

오즈가 말했다.

허수아비가 들어가니 작은 남자가 깊은 생각에 잠겨 창가에 앉아 있었다.

"뇌를 얻으러 왔습니다."

허수아비가 다소 불안한 목소리로 말했다.

"아, 그래. 의자에 앉아."

오즈가 말했다.

"네 머리를 떼어 가는 것을 이해해 줘. 하지만 적당한 곳에 뇌를 넣으려면 그렇게 해야 해."

"괜찮습니다. 더 괜찮아진 머리를 다시 붙여 놓기만 한다면 제 머리를 떼어 가셔도 상관없습니다."

마법사는 허수아비의 머리를 떼어 내어 지푸라기를 모두 끄집어냈다. 그런 다음 뒷방으로 들어가더니 얼마 정도의 왕겨를 갖고 와서는 엄청나게 많은 핀과 바늘과 함께 섞었다. 그리고 그것들이 골고루 섞이도록 잘 흔들어서는 허수아비 머리의 윗부분에 넣고 자리를 잡도록 나머지 공간에 지푸라기를 채워 넣었다. 허수아비의 몸에 다시 머리를 붙인 후 마법사가 말했다.

"이제부터 넌 훌륭한 사람이 될 것이다. 너에게 좋은 뇌를 많이 주었거든."

허수아비는 자신의 가장 큰 소망이 이루어진 것이 기쁘고 자랑스러워 오즈에게 진심으로 감사하다고 인사를 하고 친구들에게 돌아갔다.

도로시는 신기한 듯 허수아비를 쳐다보았다. 허수아비의 머리 윗부분이 뇌로 불룩해져 있었다.

"기분이 어때?"

도로시가 물었다.

"똑똑해진 것 같아. 뇌에 익숙해지면 모든 것을 알게 될 거야."

허수아비가 진지하게 대답했다.

"그런데 왜 머리에 바늘이랑 핀이 튀어나와 있는 거지?"

양철 나무꾼이 물었다.

"예리해졌다는 증거야."

사자가 말했다.

"이제 심장을 얻으러 오즈에게 가 봐야겠어."

나무꾼은 그렇게 말하고 접견실로 걸어가 문을 두드렸다.

"들어와."

오즈의 말을 들은 나무꾼이 안으로 들어갔다.

"심장을 얻으러 왔습니다."

"좋아. 그런데 심장을 제자리에 넣으려면 네 가슴에 구멍을 뚫어야 해. 아프지 않았으면 좋겠는데."

작은 남자가 말했다.

"아, 아니에요. 전 전혀 느낄 수 없을 거예요."

오즈는 커다란 절단용 가위를 갖고 와서는 양철 나무꾼의 왼쪽 가슴에 작고 네모난 구멍을 만들었다. 그런 다음 서랍장으로 가서 실크 천에 톱밥을 가득 채워 만든 예쁜 심장 하나를 꺼냈다.

"예쁘지 않아?"

남자가 물었다.

"정말 예쁜데요! 그런데 친절한 심장인가요?"

나무꾼은 아주 기뻐하며 물었다.

"아, 그럼!"

오즈는 나무꾼의 가슴에 심장을 넣고 아까 떼어 냈던 네모난 양철 조각을 다시 갖다 대고는 깨끗하게 땜질했다.

"자, 이제 넌 그 어떤 사람도 자랑스러워 할 심장을 가졌어. 가슴에 땜질 자국을 만들어서 미안해. 하지만 어쩔 수 없었어."

"땜질 자국은 신경 쓰지 마세요. 너무 감사합니다. 당신의 친절함을 절대 잊지 않겠어요."

행복한 나무꾼이 소리쳤다.

"그런 말은 말아."

오즈가 대답했다.

양철 나무꾼은 친구들에게 돌아갔고, 친구들은 운이 좋았다고 다들 기뻐해 주었다.

이번에는 사자가 접견실로 걸어가 문을 두드렸다.

"들어와."

오즈가 말했다.

"용기를 받으려고 왔습니다."

방으로 들어간 사자가 말했다.

"좋아. 너에게 용기를 주지."

남자는 찬장으로 가더니 높은 선반으로 손을 뻗어 네모난 초록 병을 꺼냈다. 그러고는 그 병 안에 있는 것을 아름다운 조각이 새겨진 초록색 금 접시에 부었다. 겁쟁이 사자 앞에 그 접시를 내밀자 사자는 별로 마음에 들지 않는 듯 접시에 코를 대고 킁킁댔다.

"마셔라."

마법사가 말했다.

"이게 뭐죠?"

사자가 물었다.

"이게 네 몸속에 들어가면 용기가 될 거야. 너도 알다시피 누구나 마음속에 항상 용기를 갖고 있지. 하지만 이걸 삼키고 나서야 용기라고 부를 수 있어. 그러니 얼른 이걸 마셔라."

사자는 더 망설이지 않고 접시를 깨끗하게 비웠다.

"이제 기분이 어때?"

오즈가 물었다.

"용기가 마구 솟는 기분이에요!"

사자는 기쁜 마음으로 친구에게 돌아가 자신이 얼마나 운이 좋은지 자랑했다.

혼자 남은 오즈는 허수아비와 양철 나무꾼, 사자가 원하는 것들을 정확하게 준 것 같아 흐뭇한 미소를 지었다.

"다들 불가능하다는 것을 알고 있으면서도 나에게 원하는데

내가 어떻게 사기꾼이 되지 않을 수 있겠어? 허수아비와 사자,
나무꾼을 행복하게 해 주는 건 쉬웠어. 그들은 내가 뭐든 할 수
있다고 상상했으니까. 하지만 도로시를 캔자스로 데리고 가는
건 상상력이 더 필요할 텐데. 도무지 어떻게 해야 할지 모르겠
어."

17. 하늘로 떠오른 기구

    사흘 동안 도로시는 오즈로부터 아무런 이야기도 듣지 못했
다. 친구들은 모두 행복하고 기뻤지만 어린 소녀에게 이 사흘은
너무도 슬픈 시간이었다.

    허수아비는 머릿속에 굉장한 생각이 떠올랐지만 자기 말고는
아무도 그 생각을 이해할 수 없을 테니 말하지 않겠다고 했다.
양철 나무꾼은 걸어다닐 때마다 가슴 속 심장이 덜거덕거리는
게 느껴졌다. 나무꾼은 도로시에게 자신이 살로 만들어진 몸이
었을 때 가졌던 심장보다 훨씬 더 친절하고 부드러운 심장을 갖
게 됐다고 말했다. 사자는 이 세상에 두려운 것은 아무것도 없다
며 사람 무리든 사나운 칼리다 무리든 용감하게 맞설 수 있다고
자신 있게 말했다.

그 어느 때보다 캔자스로 돌아가고 싶은 마음이 간절해진 도로시를 빼고는 모두가 만족했다.

네 번째 날 기쁘게도 오즈가 사람을 시켜 도로시를 불렀다. 도로시가 접견실로 들어가자 오즈가 상냥하게 말했다.

"앉아라, 애야. 너를 이 나라에서 내보낼 수 있는 방법을 찾은 것 같구나."

"그럼 캔자스로 돌아갈 수 있는 건가요?"

도로시가 간절한 목소리로 물었다.

"글쎄다, 캔자스는 잘 모르겠다. 그곳이 어디에 붙어 있는지 전혀 모르니 말이다. 하지만 먼저 사막을 건너야 해. 그러면 집으로 가는 길을 찾기 쉬울 거야."

"어떻게 사막을 건너죠?"

도로시가 물었다.

"그러니까 내 생각을 말해 줄게. 내가 여기에 기구를 타고 왔다고 말했지. 너도 날아서 왔어. 회오리바람을 타고 말이야. 그래서 내 생각엔 말이다, 사막을 건너는 최고의 방법은 날아서 가는 거야. 그런데 회오리바람을 만드는 건 내 능력으로는 불가능해. 하지만 곰곰이 생각해 보니 기구는 만들 수 있을 것 같아."

"어떻게요?"

"기구는 실크로 만들어. 가스가 새어 나가지 않도록 풀을 먹이고 말이야. 궁전에 실크는 어마어마하게 많으니 기구를 만드는 일은 어렵지 않을 거야. 그런데 기구를 띄우려면 가스가 필요한데 이 나라에는 전혀 가스가 없거든."

"뜨지 않으면 기구는 아무 소용없는 거잖아요."

도로시가 말했다.

"그래. 하지만 기구를 띄울 다른 방법이 있긴 해. 뜨거운 공기로 채우는 거야. 물론 뜨거운 공기는 가스만큼은 못하지. 공기가 차가워지면 기구가 사막으로 불시착할 수도 있으니까. 그럼 우린 길을 잃겠지!"

"우리라고요! 나와 함께 갈 건가요?"

도로시가 소리쳤다.

"물론이야. 사기꾼으로 지내는 것도 이제 지긋지긋해. 이 궁전 밖으로 나가면 나의 백성들이 내가 마법사가 아니었다는 사실을 금방 알아챌 거야. 그러고는 자신들을 속인 나에게 화를 내겠지. 그래서 난 하루 종일 이곳에 문을 걸어 잠그고 있어야만 한다고. 하지만 이제 정말 지겨워. 차라리 너와 함께 캔자스로 돌아가서 다시 서커스단에 들어가는 게 나을 것 같아."

"당신과 함께 간다니 너무 기뻐요."

도로시가 말했다.

"고맙구나. 자, 실크 꿰매는 걸 도와줘. 이제 기구 만드는 일을 시작하자고."

도로시는 바늘과 실을 집어 들고 오즈가 적당한 모양으로 잘라 주는 실크 천을 깨끗하게 바느질했다. 처음에는 밝은 초록색 실크 천, 그다음에는 어두운 초록색 실크 천, 그다음에는 에메랄드 초록색 실크 천을 꿰매 붙였다. 오즈가 알록달록한 기구를 만들고 싶어 했기 때문이다. 실크 천을 모두 이어 붙여 바느질하는 데는 무려 사흘이 걸렸고, 바느질을 마쳤을 때는 6미터가 넘는 커다란 초록색 실크 풍선이 완성되었다.

오즈는 공기가 새어 나가지 않도록 기구 안쪽에 묽은 풀칠을 하여 기구의 풍선을 완성했다.

"그런데 우리가 탈 바구니가 있어야 해."

오즈는 초록 구레나룻이 있는 병사를 시켜 빨래 바구니를 가지고 오게 해서는 밧줄 여러 겹으로 풍선 아래에 고정시켰다.

모든 준비가 끝나자 오즈는 백성들에게 자신이 구름 속에 사는 마법사 형제를 만나러 간다고 알렸다. 그 소식은 삽시간에 도시에 퍼졌고 사람들은 대단한 광경을 보기 위해 몰려들었다.

오즈는 기구를 궁전 앞으로 옮기라고 명령했다. 사람들은 호기심 가득한 눈으로 기구를 보았다. 양철 나무꾼이 미리 베어 놓은 장작더미에 불을 붙였고, 오즈는 기구 아랫부분을 불 위로 들어 올려 불에서 피어오른 뜨거운 공기가 실크 풍선 안에 모이도록 했다. 그러자 기구의 풍선이 점점 부풀어 오르며 공중으로 올라가기 시작하더니 바구니가 땅에 살짝 스칠 정도가 되었다.

오즈가 바구니 안으로 들어가 백성들에게 큰 목소리로 말했다.

"난 이제 형제를 방문하러 떠날 것이다. 내가 없는 동안 허수아비가 너희들을 다스릴 거야. 나에게 하듯 허수아비에게도 복종할 것을 명하노라."

땅에 매어 주고 있던 밧줄을 기구가 세게 당기기 시작했다. 기구 안의 공기가 뜨거워져 바깥의 공기보다 훨씬 더 가벼워졌기 때문이다.

"이리 와, 도로시! 얼른! 서두르지 않으면 기구가 날아가 버릴 거야!"

마법사가 소리쳤다.

"토토가 안 보여요."

도로시는 토토를 남겨 두고 떠나고 싶지 않았다.

토토는 사람들 속으로 달려가 새끼 고양이를 향해 짖어 대고 있었다. 마침내 토토를 찾은 도로시가 토토를 안고 기구를 향해 달렸다.

도로시가 기구 앞 몇 걸음 거리까지 다가갔을 때 마법사가 도로시를 잡아 주려고 손을 뻗었다. 그런데 바로 그때 '우지직!' 하는 소리와 함께 밧줄이 끊어지더니 기구가 둥실 하늘로 떠올랐다. 도로시가 타지도 않았는데 말이다.

"돌아와요! 나도 데려가요!"

도로시가 외쳤다.

"돌아갈 수 없어. 꼬마야, 안녕!"

오즈가 기구 안에서 소리쳤다.

"잘 가요!"

모두가 인사를 했다. 다들 바구니를 타고 하늘 위로 멀리, 저

176

멀리 올라가는 마법사를 올려다보고 있었다. 그 이후로 위대한 마법사 오즈를 본 사람은 아무도 없었다. 어쩌면 그는 오마하에 안전하게 도착해 지금까지 그곳에 살고 있을지도 모른다. 하지만 그의 백성들은 그를 좋은 추억으로 떠올리며 서로 이렇게 말하곤 했다.

"오즈는 언제나 우리의 친구였어. 이곳에 있으면서 오즈는 이렇게 아름다운 에메랄드 도시를 우리에게 지어 주셨지. 지금은 떠나고 없지만, 현명한 허수아비에게 우리를 다스리도록 하셨어."

하지만 아주 오랫동안 백성들은 위대한 마법사가 사라진 것을 슬퍼했는데 그 슬픔은 다른 무엇으로도 위로가 되지 않았다.

18. 저 멀리 남쪽으로

다시 캔자스로 돌아갈 수 있는 희망이 사라졌다는 생각에 도로시는 너무 슬퍼 엉엉 울었다. 하지만 다시 곰곰이 생각해 보니 그 기구에 올라타지 않은 것이 다행이라는 생각이 들었다. 그래도 도로시는 오즈가 가 버린 것이 안타까웠다. 그건 친구들도 마찬가지였다.

양철 나무꾼이 도로시에게 다가와 말했다.

"나에게 멋진 심장을 준 그 사람이 가 버린 것을 슬퍼하지 않는다면 은혜도 모르는 배은망덕한 사람이겠지? 녹이 슬지 않도록 네가 친절하게 눈물을 닦아 준다면 좀 울고 싶어. 오즈가 가 버렸으니까 말이야."

"걱정 마. 얼마든지 닦아 줄게."

도로시가 대답하고 당장 수건을 가지고 왔다.

양철 나무꾼은 몇 분 동안 울었고 도로시는 눈물을 잘 보고 있다가 수건으로 닦아 주었다. 다 울고 난 나무꾼은 도로시에게 고맙다고 인사를 하고는 또 다른 불행에 대비해 보석이 박힌 기름통으로 꼼꼼하게 기름칠을 했다.

이제 허수아비가 에메랄드 도시의 통치자가 되었다. 허수아비는 마법사가 아니었지만 백성들은 그를 자랑스러워하며 이렇게 말했다.

"이 세상에 지푸라기로 채워진 사람이 다스리는 나라는 여기밖에 없을 거야!"

그들이 알고 있는 한 그건 맞는 말이었다.

오즈가 탄 기구가 날아가 버린 다음날 아침 도로시와 친구들은 접견실에 모여 앞으로 어떻게 할지 이야기를 나누었다. 허수아비는 커다란 왕좌에 앉았고 다른 친구들은 그 앞에 공손하게 섰다.

"우리가 그렇게 운이 나쁜 건 아니야. 왜냐하면 이제 이 궁전과 에메랄드 도시는 우리 것이거든. 우리가 하고 싶은 대로 하면 돼. 얼마 전까지만 해도 어느 농부의 옥수수밭 장대 위에 서 있었는데 지금은 이 아름다운 도시의 통치자라니, 난 정말 운이 좋은 것 같아!"

허수아비가 말했다.

"나도 새 심장이 아주 마음에 들어. 그건 온 세상을 통틀어 내가 딱 하나 원한 것이었으니까."

양철 나무꾼이 말했다.

"나는 내가 그 어느 맹수만큼이나 용감하다는 걸 알게 돼서 만족해. 비록 더 용감하지는 않더라도 말이야."

사자가 점잔을 빼며 말했다.

"도로시가 에메랄드 도시에서 사는 것에 만족하기만 한다면 함께 사는 게 좋을 것 같아."

허수아비가 말했다.

"하지만 난 여기에서 살고 싶지 않아. 캔자스로 돌아가서 엠 숙모와 헨리 삼촌과 함께 살고 싶어."

도로시가 외쳤다.

"그렇다면 어떻게 하지?"

나무꾼이 물었다.

허수아비는 생각을 하기로 했다. 어찌나 열심히 생각했는지 핀과 바늘이 뇌에서 삐져나올 정도였다.

마침내 허수아비가 말했다.

"날개 달린 원숭이를 불러 사막을 건너 달라고 하는 건 어때?"

도로시가 기쁜 목소리로 소리쳤다.

"왜 진작 그 생각을 못했을까! 바로 그거야. 당장 가서 황금 모자를 가지고 올게."

도로시가 황금 모자를 가지고 접견실로 돌아와 주문을 외자 한 무리의 날개 달린 원숭이들이 열린 창문을 통해 날아 들어와 도로시 옆에 섰다.

우두머리 원숭이가 도로시 앞에서 고개를 숙이며 말했다.

"우리를 두 번째로 부르셨군요. 무엇을 원하시나요?"

"나를 캔자스로 데리고 가 줘."

도로시가 말했다.

하지만 우두머리 원숭이가 고개를 저으며 말했다.

"그건 불가능합니다. 우리는 이 나라에만 있을 수 있고 다른 곳으로 벗어날 수는 없어요. 지금까지 단 한 마리도 캔자스에 간 적이 없고 앞으로도 없을 거예요. 왜냐하면 우리는 캔자스에 속해 있지 않으니까요. 힘이 닿는 한 어떤 방법으로든 당신을 돕고 싶지만 사막을 건널 수는 없어요. 그럼 이만."

우두머리 원숭이는 다시 한 번 더 고개를 숙이더니 날개를 펼쳐 무리를 이끌고 창문을 통해 날아가 버렸다.

도로시는 실망감으로 거의 울 것 같았다.

"쓸데없이 황금 모자의 주문을 낭비해 버렸어. 날개 달린 원숭이가 나를 돕지 못하잖아."

"정말 안됐구나!"

마음씨 따뜻한 나무꾼이 말했다.

허수아비는 다시 생각했다. 생각하는 동안 머리가 끔찍하게 불룩해져서 도로시는 혹시 허수아비의 머리가 터지지 않을까 두려웠다.

"초록 구레나룻 수염을 기른 병사를 불러서 도와달라고 해 보자."

부름을 받은 병사가 머뭇거리며 접견실로 들어왔다. 오즈가 있을 때는 문 안으로 들어오도록 허락을 받은 적이 한 번도 없었기 때문이다.

"이 소녀가 사막을 건너기를 원해. 어떻게 하면 되지?"

허수아비가 병사에게 물었다.

"잘 모르겠습니다. 아무도 사막을 건넌 적이 없으니까요. 오즈 님께서 건너신 것 말고는요."

"나를 도와줄 사람이 없을까요?"

도로시가 간절하게 물었다.

"글린다라면 도와주실지도 모르겠네요."

병사가 제안했다.

"글린다가 누구지?"

허수아비가 물었다.

"남쪽 마녀입니다. 마녀들 중에 가장 강하며 쿼들링들을 다스리지요. 게다가 마녀의 성이 사막 끝에 있어서 어쩌면 사막을 건너는 법을 알지도 모릅니다."

"글린다는 착한 마녀예요, 그렇죠?"

도로시가 물었다.

"쿼들링들은 마녀가 착하다고 생각해요. 그리고 마녀는 모두에게 친절하죠. 제가 듣기로 글린다는 나이가 많은데도 젊음을 유지하는 법을 아는 아름다운 여인이라고 하더군요."

병사가 말했다.

"글린다의 성에 어떻게 가죠?"

도로시가 물었다.

"곧장 남쪽으로 향한 길이 있어요. 하지만 그곳은 여행자들에겐 위험한 일이 가득하다고 해요. 숲에는 사나운 짐승들이 있고, 낯선 이들이 자신들의 땅을 지나는 것을 싫어하는 이상한 부족도 있고요. 그래서 쿼들링들은 에메랄드 도시에 와 본 적이 한 번도 없죠."

병사가 밖으로 나가자 허수아비가 말했다.

"위험하긴 하지만 도로시가 할 수 있는 최선의 방법은 남쪽 나라로 가서 글린다에게 도와달라고 말하는 거야. 도로시가 여기에 계속 있다간 절대 캔자스로 돌아갈 수 없을 테니까."

"그사이에 또 생각을 했나 보구나."

양철 나무꾼이 말했다.

"그랬지."

허수아비가 말했다.

"나는 도로시와 함께 가겠어. 이제 이 도시가 지겨워. 다시 숲이 그리워졌어. 너도 알다시피 난 야생 동물이잖아. 그리고 도로시에게도 자기를 보호해 줄 누군가가 있어야 하니까."

사자가 말했다.

"맞아. 나의 도끼도 도로시를 지켜 줄 수 있을 거야. 그러니 나도 도로시와 함께 남쪽 나라로 갈래."

나무꾼이 말했다.

"그럼 언제 출발할까?"

허수아비가 물었다.

"너도 갈 거니?"

다들 깜짝 놀라서 물었다.

"물론이지. 도로시가 아니었다면 난 뇌를 얻지 못했을 거니까. 도로시가 옥수수밭 한가운데에 꽂힌 장대에서 나를 내려 주었고 에메랄드 도시로 데리고 와 주었어. 그러니 나의 행운은 모두 도로시 덕이야. 도로시가 영원히 캔자스로 돌아갈 때까지 혼자 두지 않을 거야."

"고마워. 너희 모두 정말 친절하구나. 그런데 난 가능한 한 빨리 떠나고 싶어."

도로시가 고마워하며 말했다.

그러자 허수아비가 대답했다.

"그럼 내일 아침에 떠나자. 긴 여행이 될 테니까 오늘은 단단히 준비를 하자고."

19. 싸움 나무들의 공격

　다음날 아침 도로시는 예쁜 초록 소녀에게 작별의 입맞춤을 했고, 일행 모두 초록 구레나룻의 병사와 악수를 나누었다. 병사는 문까지 같이 걸어가 그들을 배웅해 주었다. 도로시와 친구들을 본 수문장은 그들이 왜 이 아름다운 도시를 떠나 또다시 고생길로 접어들려고 하는지 정말 이해가 되지 않았다. 하지만 그는 그저 일행의 안경을 풀어 초록색 상자에 넣고 행운을 빌어 주었다.

　"당신은 우리의 통치자입니다. 그러니 가능한 한 빨리 돌아오셔야 합니다."

　수문장이 허수아비에게 말했다.

　"그럴 수 있으면 반드시 그러겠어. 하지만 난 먼저 도로시가 집으로 돌아가는 것을 도와야 해."

허수아비가 대답했다.

도로시는 성격 좋은 수문장에게 마지막 작별의 인사를 고했다.

"아름다운 당신의 도시에서 정말 훌륭한 대접을 받았어요. 다들 저에게 너무 잘 대해 주셨어요. 얼마나 감사한지 말로 표현할 수가 없네요."

"그런 말 말아요, 아가씨. 우리와 함께 살자고 붙잡고 싶지만 아가씨 소원이 캔자스로 돌아가는 것이라면 꼭 그러시길 기원할 게요."

수문장은 바깥쪽 담의 문을 열어 주었고 도로시와 친구들은 문밖으로 걸어 나가 여정을 시작했다.

도로시와 친구들이 남쪽 나라를 향해 고개를 돌리자 햇살이 환하게 비추었다. 다들 기분이 한껏 고무되어 소리 내어 웃고 떠들었다. 도로시는 다시 한 번 더 집으로 돌아갈 꿈에 부풀었고, 허수아비와 양철 나무꾼은 도로시에게 도움이 되어 기뻤다. 사자는 다시 숲으로 돌아온 기쁨으로 신선한 공기를 킁킁거리면서 꼬리를 양쪽으로 흔들었고, 토토는 줄곧 즐겁게 짖어 대며 그들 주변에서 나방과 나비를 쫓아다녔다.

다들 활기차게 걷고 있는데 사자가 말했다.

"도시 생활은 나에게 전혀 맞지 않아. 도시에서 살면서 살이 쏙 빠졌다니까. 그리고 내가 얼마나 용감해졌는지 다른 짐승들에게 얼른 자랑하고 싶어."

그들은 마지막으로 에메랄드 도시를 한 번 더 돌아보았다. 보이는 거라고는 초록 담 뒤에서 한 덩어리를 이룬 탑과 뾰족탑들 그리고 그 모든 것들 뒤에 높이 솟아 있는 오즈 궁전의 둥근 지붕과 뾰족탑뿐이었다.

"그러고 보면 오즈가 그렇게 나쁜 마법사는 아니었어."

양철 나무꾼은 가슴에서 심장이 덜거덕거리는 것을 느끼며 말했다.

"나에게 뇌를 주었잖아. 그것도 아주 좋은 뇌로."

허수아비가 말했다.

"오즈가 나에게 준 것과 똑같은 용기의 약을 먹었다면 용감한 사람이 되었을 텐데."

사자가 덧붙여 말했다.

도로시는 아무 말도 하지 않았다. 도로시는 자신에게 했던 약속을 지키지 않았지만 최선을 다한 오즈를 용서해 주기로 했다. 비록 형편없는 마법사였다 할지라도, 오즈가 말한 대로 그는 좋은 사람이었다.

첫날은 에메랄드 도시 주변으로 펼쳐진 초록색 풀밭과 화려한 꽃밭을 지났다. 그리고 그날 밤은 풀밭에서 잤다. 덮을 것은 하늘의 별 뿐이었지만 아주 푹 잘 잤다.

아침이 되어 다시 길을 나선 도로시 일행은 빽빽한 숲에 다다랐다. 숲은 오른쪽과 왼쪽 모두 시선이 닿는 곳까지 뻗어 있어서 숲을 통과하지 않고 지나갈 방법은 없는 것 같았다. 혹시 길을 잃을지도 모른다는 두려움 때문에 감히 걸어가고 있는 방향을 바꿀 수도 없었다. 그래서 그들은 숲으로 들어가기에 가장 쉬운 곳을 찾아보았다.

친구들을 이끌던 허수아비가 커다란 나무 한 그루를 찾아냈다. 가지들이 넓게 뻗고 있어서 그 아래로 지나갈 수 있는 공간이 있었다. 허수아비가 나무 쪽으로 걸어갔다. 그런데 허수아비가 나무 아래로 막 들어선 순간 가지들이 구부러지며 허수아비의 몸을 휘감았다. 그러더니 땅에서 허수아비를 번쩍 들어 올려 친구들 사이로 내동댕이쳐 버렸다.

다치지는 않았지만 허수아비는 깜짝 놀라고 말았다. 도로시가 일으켜 세웠을 때는 좀 어지러워 보였다.

"여기 나무들 사이에 또 다른 공간이 있어."

사자가 소리쳤다.

"내가 먼저 갈게. 난 내던져져도 다치지 않으니까."

허수아비가 그렇게 말하고 다른 나무 쪽으로 걸어갔다. 하지만 그 나무의 가지들도 곧장 허수아비를 붙잡더니 다시 던져 버렸다.

"정말 이상한 일이야. 이제 어떻게 하지?"

도로시가 소리쳤다.

"나무들이 우리랑 싸워서 여행을 그만두게 할 작정인가 봐."

사자가 말했다.

"내가 한번 해 볼게."

양철 나무꾼이 말했다.

나무꾼은 도끼를 어깨에 메고 허수아비를 거칠게 다뤘던 첫 번째 나무를 향해 걸어갔다. 나무가 나무꾼을 잡으려고 가지를 구부리자 나무꾼은 도끼를 휘둘러 가지를 두 동강이로 잘라 버렸다. 그러자 나무는 고통스러운 듯 모든 가지를 부들부들 떨었다. 나무 아래로 안전하게 지나간 양철 나무꾼이 친구들을 향해 소리쳤다.

"이리 와! 서둘러!"

그렇게 해서 다들 나무꾼의 도움으로 아무런 상처도 입지 않고 나무 아래를 지나갈 수 있었다. 그런데 토토는 그만 작은 가지에 붙잡히고 말았다. 나뭇가지가 토토를 잡고 흔들었고 토토

는 으르렁거렸다. 하지만 나무꾼이 바로 가지를 잘라서 토토를
풀어 주었다.

숲의 다른 나무들은 그들을 가지 못하게 막지 않았다. 도로시
와 친구들은 첫 번째 줄의 나무들만 가지를 구부릴 수 있는 거라
고 생각했다. 그리고 아마도 그 나무들이 숲을 지키고 있는 파수
꾼이기에 낯선 이들의 침입을 막도록 놀라운 힘을 부여받은 것
이리라 결론을 내렸다.

도로시와 친구들은 나무 사이로 큰 어려움 없이 걸어가 숲의
저 멀리 끝에 도착했다. 그런데 놀랍게도 그들 앞에는 하얀 도자
기로 만든 것 같은 높은 담이 우뚝 서 있었다. 접시의 표면처럼
매끄러운 담은 그들의 머리보다 더 높았다.

"이제 어쩌지?"

도로시가 물었다. 그러자 양철 나무꾼이 말했다.

"내가 사다리를 만들게. 분명히 담을 기어 올라가야 할 테니
까."

20. 우아한 도자기 나라

오랫동안 걸어 몹시 지친 도로시
는 나무꾼이 숲 속에서 해 온 나무로 사
다리를 만드는 동안 누워서 잠을 잤다.
사자도 몸을 누이고 잠이 들었고 토토는
사자 옆에 누웠다.

나무꾼이 일하는 모습을 지켜보던 허수아비가 말했다.

"이 담벼락이 왜 여기에 있는지 모르겠어. 뭘로 만들었는지도
모르겠고."

"뇌를 좀 쉬게 해 줘. 그리고 담벼락은 걱정하지 마. 담을 넘
어가면 반대편에 뭐가 있는지 알게 될 테니까."

잠시 후 사다리가 완성되었다. 좀 엉성해 보였지만 양철 나무
꾼은 이 사다리가 아주 튼튼하며 자신들이 궁금해 하는 것을 해

결해 줄 거라 확신했다. 허수아비는 도로시와 사자와 토토를 깨워 사다리를 다 만들었다고 말한 뒤 앞장서서 사다리를 올라갔다. 그런데 그 모습이 어찌나 엉성한지 혹시 떨어지기라도 할까 봐 도로시가 바짝 붙어서 따라 올라가야 했다. 담 위로 머리를 내민 허수아비가 소리쳤다.

"이런, 세상에!"

"어서 가."

도로시가 소리쳤다.

허수아비는 더 올라가 담 꼭대기에 걸터앉았다. 이번에는 도로시가 담 위로 고개를 내밀더니 허수아비와 똑같이 소리쳤다.

"이런, 세상에!"

다음으로 토토가 올라와서 짖어 대기 시작했지만 도로시가 조용히 시켰다.

그다음으로 사자가 사다리를 타고 올라왔고 마지막으로 양철 나무꾼이 올라왔다. 그러고는 담 너머를 보자마자 둘 역시 똑같이 소리쳤다.

"이런, 세상에!"

그들은 다 함께 담 꼭대기에 일렬로 앉아 그 낯선 광경을 내려다보았다.

그들 앞에는 바닥이 마치 커다란 접시처럼 매끈하고 반짝이는 하얀 빛깔의 나라가 광활하게 펼쳐져 있었다. 완전히 도자기로 만들어진 화려한 색깔의 집들이 곳곳에 많이 있었다. 집들은

아주 작아서 가장 큰 집이라고 해 봐야 도로시의 허리 높이 정도
였다. 도자기 울타리가 둘러져 있는 작고 예쁜 헛간도 있었는데
그 안에는 소와 양, 말, 돼지, 닭들이 무리 지어 서 있었다. 가축
들 역시 모두 도자기로 만들어져 있었다.

그중에서도 가장 특이한 건 이 이상한 나라에 살고 있는 사람
들이었다. 젖 짜는 아가씨들과 양치기 아가씨들은 밝은 색깔의
조끼와 온통 금색 점이 찍힌 치마를 입고 있었다. 또 금색과 은
색, 자주색의 화려한 원피스를 입은 공주들도 있었다. 남자 양
치기들은 분홍색, 노란색, 파란색의 줄무늬 반바지를 입고 금장
식이 달린 신발을 신고 있었고, 왕자들은 머리에 보석이 박힌 왕
관을 쓰고 털가죽 예복에 새틴 상의를 입고 있었다. 우스꽝스러
운 광대들은 양쪽 볼에 붉은 점을 찍고 주름 장식이 있는 가운에
높고 뾰족한 모자를 쓰고 있었다. 가장 신기한 것은 이들이 입은
옷까지 모두 도자기로 만들어졌다는 사실이었다. 그리고 다들
아주 작아서 가장 큰 사람이라 해도 도로시의 무릎 높이보다 크
지 않았다.

처음에는 그들 중 아무도 도로시와 친구들을 발견하지 못했
다. 머리가 유달리 큰 보라색의 작은 도자기 강아지 한 마리만
담 쪽으로 다가와 조그만 소리로 그들을 향해 짖어 대더니 다시
저쪽으로 달려가 버렸다.

"어떻게 내려가지?"

도로시가 물었다.

이들은 모두 도자기로 만든 사람들이었다.

사다리가 너무 무거워 위로 끌어올릴 수 없었다. 그래서 허수아비가 담장 아래로 먼저 뛰어내린 후 나머지 친구들이 허수아비의 몸 위로 뛰어내렸다. 딱딱한 바닥이었지만 발은 전혀 아프지 않았다. 물론 핀에 찔려 발이 아플까 봐 허수아비 머리 위에 내리지 않으려고 애를 썼다. 무사히 내려온 친구들은 납작해진 허수아비를 일으켜 세워서는 툭툭 쳐서 원래 모양으로 만들어 주었다.

"반대편에 도착하려면 이 이상한 곳을 가로질러 가야 해. 정남쪽이 아닌 다른 방향으로 가는 건 현명하지 않은 것 같아."

도로시가 말했다.

도로시와 친구들은 도자기 나라를 통과해 걷기 시작했다. 그곳에서 처음 만난 사람은 도자기 젖소에게서 우유를 짜고 있는 여자였다. 그 여자 역시 도자기로 만들어져 있었다. 그런데 그들이 가까이 다가가자 소가 갑자기 발길질을 하기 시작하더니 걸상과 양동이, 심지어 우유 짜는 여자까지 차 버려 모든 것들이 도자기 바닥에 널브러졌다.

도로시는 젖소의 다리가 부서져 떨어져 나간 것을 보고 깜짝 놀라고 말았다. 양동이는 조각조각 부서져 흩어지고 우유 짜는 여자의 왼쪽 팔꿈치도 깨졌다.

"어머나!"

우유 짜는 여자가 화가 나서 소리 질렀다.

"당신들이 무슨 짓을 했는지 봐요! 젖소의 다리가 부러졌다고요. 수리공에게 젖소를 데리고 가서 다시 풀로 붙여야 해요. 어째서 이곳에 나타나서 우리 젖소를 겁주는 거죠?"

"정말 미안해요. 용서해 주세요."

도로시가 사과했다.

하지만 도자기로 만든 그 예쁜 여자는 너무 화가 나서 대답도 하지 않았다. 여자는 부루퉁한 얼굴로 다리를 줍더니 소를 끌고 가 버렸다. 가엾은 소는 세 다리로 절뚝거리며 여자를 따라갔다. 여자는 깨진 왼쪽 팔꿈치를 옆구리에 딱 붙인 채 걸어가면서, 어깨 너머로 꼴사나운 여행자들에게 계속해서 원망의 눈초리를 던졌다.

도로시는 이 불행한 사고에 가슴이 아팠다.

"여기서는 정말 조심해야겠어. 그렇지 않으면 이 예쁜 사람들이 깨져서 다시는 제 모습을 못 찾을지도 몰라."

마음씨 따뜻한 나무꾼이 말했다.

조금 더 걸어갔을 때 도로시는 아름답게 차려입은 어린 공주를 만났다. 그런데 공주는 낯선 사람을 보고는 그 자리에 멈춰 서더니 달아나기 시작했다.

도로시는 공주를 좀 더 보고 싶어서 쫓아갔지만 그 도자기 소녀가 소리쳤다.

"나를 따라오지 마! 저리 가라고!"

공주의 작은 목소리가 어찌나 겁에 질렸는지 도로시가 멈춰 서서 말했다.

"따라가면 왜 안 되는 거야?"

그러자 공주가 멀찍이 떨어진 곳에 멈춰 서며 대답했다.

"달리다가 넘어지면 부서질 수 있으니까."

"고치면 되잖아?"

도로시가 물었다.

"물론 그렇긴 하지. 하지만 고치고 나면 전처럼 예뻐질 수가 없단 말이야."

공주가 대답했다.

"그렇겠구나."

도로시가 대꾸했다.

"우리 어릿광대 중에 조커 씨가 있거든. 그는 언제나 물구나무를 서려 하지. 그러다가 너무 자주 부서져서 백 군데도 더 고쳤어. 그랬더니 전혀 예쁘지가 않은 거야. 저기 조커 씨가 이쪽으로 오고 있으니 직접 봐."

유쾌한 어릿광대가 정말 그들 쪽으로 걸어오고 있었다. 빨간색, 노란색, 초록색 예쁜 옷을 입었지만 온몸 여기저기에 금이 있어 꽤 여러 번 수리를 받았다는 것을 알 수 있었다.

어릿광대는 두 손을 주머니에 넣고 양쪽 볼을 불룩하게 하더니 도로시와 친구들을 향해 건방지게 고개를 끄덕이며 말했다.

"아름다운 아가씨,

왜 당신은

늙고 가엾은 조커를 노려보나요?

부지깽이라도 삼킨 것처럼

뻣뻣하고 새침하군요!"

그러자 공주가 말했다.

"아저씨, 조용히 하세요! 여기 손님들이 안 보여요? 손님들을 정중하게 대접해야죠!"

"이 정도면 정중한 거지."

어릿광대는 딱 잘라 말하고는 곧장 물구나무를 섰다.

공주가 도로시에게 말했다.

"조커 씨는 신경 쓰지 마. 머릿속에도 금이 많이 가서 바보가 된 거야."

"어머, 전혀 신경 쓰지 않아. 그런데 넌 정말 아름다워서 네가 너무 좋아질 것 같아. 캔자스로 돌아갈 때 널 데리고 가서 엠 숙모의 벽난로 선반 위에 세워 둬도 될까? 내 바구니에 넣어 가면 되거든."

도로시의 말에 도자기 공주가 대답했다.

"그럼 난 너무 불행할 거야. 여기를 한번 봐. 이곳에서 우리는 만족하면서 살고 있어. 우리 마음대로 말도 하고 여기저기 돌아다닐 수도 있어. 하지만 이곳이 아닌 어딘가로 옮겨지게 되면 그 순간 우리는 관절이 뻣뻣해지면서 똑바로 서 있어야 해. 예쁘게 보여야 하니까. 물론 벽난로 선반이나 장식장, 응접실 탁자 위에 있을 때는 예뻐 보이기만 하면 되겠지만 우리는 이곳에서 사는 삶이 훨씬 즐겁단다."

"널 불행하게 만들 수는 없지! 그럼 이만 작별 인사를 하자."

도로시가 큰 소리로 말했다.

"안녕!"

공주가 대답했다.

도로시와 친구들은 조심조심 도자기 나라를 통과했다. 작은 동물들과 사람들은 낯선 이들이 자기들을 깨뜨리기라도 할까 봐 사방으로 흩어지며 달아났다. 약 한 시간쯤 후 도로시와 친구들은 도자기 나라의 끝에 다다랐는데 그곳에는 또 다른 도자기 벽이 서 있었다.

이번에는 처음에 넘어온 벽만큼 높지는 않지만 사자의 등을 밟고서야 간신히 담장 위로 기어오를 수 있었다. 사자는 다리를 모아서 담 위로 풀쩍 뛰어올랐다. 그런데 사자가 뛰어오르면서 꼬리로 도자기 교회를 엎는 바람에 교회가 산산조각 나고 말았다.

"여기서 소의 다리와 교회를 깨뜨린 건 정말 안타깝지만 그것 말고는 이 작은 사람들에게 더 큰 해를 끼치지 않아서 정말 다행이야. 정말 깨지기 쉬운데 말이야!"

도로시가 말했다. 그러자 허수아비가 말했다.

"맞아. 내가 지푸라기로 만들어져서 쉽게 망가지지 않는다는 사실이 너무 감사해. 세상에는 허수아비로 사는 것보다 훨씬 더 안된 일도 많구나."

21. 사자, 맹수의 왕 되다

도자기 벽을 기어 내려온 도로시와 친구들은 자신들이 썩 쾌적하지 못한 곳에 서 있다는 것을 알게 됐다. 그곳은 키가 크고 울창한 풀로 뒤덮인 습지와 늪이었다. 무성한 풀에 가려 앞이 잘 보이지 않았고, 걸음을 내디딜 때마다 걸핏하면 진흙 구덩이에 빠지곤 했다. 하지만 조심조심 발을 디뎌 가며 안전하게 마른 땅에 도달했다. 그런데 그곳은 이전에 들렀던 그 어느 곳보다 훨씬 더 황폐해 보였다. 지루할 만큼이나 한참 덤불 속을 걸은 후 또 다른 숲 속으로 들어섰는데, 그곳의 나무들은 지금껏 본 그 어떤 나무보다 크고 오래되어 보였다.

"이 숲은 완벽하게 즐거운 곳이야. 이렇게 아름다운 곳은 본 적이 없어."

사자가 기쁜 눈으로 주위를 둘러보며 소리쳤다.

"어두침침해 보이는데."

허수아비가 말했다.

"전혀 그렇지 않아. 난 평생 이런 곳에서 살고 싶어. 너희들 발아래 낙엽들이 얼마나 부드러운지 봐. 이 고목들에 자라고 있는 초록색 이끼들은 어떻고. 어떤 짐승들도 이보다 더 좋은 보금자리를 바랄 수는 없을 거야."

사자가 대답했다.

"이 숲에도 짐승들이 있겠지?"

도로시가 말했다.

"그렇겠지. 보이지는 않지만 말이야."

사자가 대답했다.

숲 속을 걷다 보니 어느새 너무 어두워져 더는 걸을 수도 없게 되었다. 도로시와 토토와 사자는 누워서 잠이 들었고 나무꾼과 허수아비는 평소처럼 보초를 섰다.

아침이 밝자 도로시와 친구들은 다시 길을 나섰다. 그런데 얼마 지나지 않았을 때 낮게 으르렁거리는 소리가 들려왔다. 마치 야생 짐승들이 한꺼번에 으르렁대는 것 같은 소리였다. 토토가 약간 낑낑대긴 했지만 그 누구도 두려워하지 않고 잘 다져진 길을 따라 계속 걸었다. 숲 속 공터에 다다랐다. 그런데 그곳에는 온갖 짐승들이 수백 마리나 모여 있었다. 호랑이, 코끼리, 곰, 늑대, 여우 등 짐승이란 짐승은 다 모인 듯했다. 도로시는 그 모습을 본 순간 두려웠다. 하지만 사자는 짐승들이 회의를 하고 있는 거라고 설명해 주며 짐승들의 으르렁거리는 소리를 들어 봤을 때 그들이 큰 어려움에 처해 있는 것 같다고 말했다.

사자가 말을 하는 동안 몇몇 짐승들이 그를 알아보았다. 그리고 마치 마법처럼 순식간에 사방이 조용해졌다. 가장 큰 호랑이가 사자 앞으로 나오더니 고개 숙여 인사를 하며 말했다.

"오, 맹수의 왕이시여, 환영합니다! 딱 맞춰 오셨습니다! 다시 한 번 더 우리의 적과 싸워 숲 속 짐승들 모두에게 평화를 가져다주시려고 말이에요!"

"무엇이 문제냐?"

사자가 조용히 물었다.

"최근에 이 숲에 들어온 사나운 적이 우리를 위협하고 있습니다. 거대한 거미 같이 생긴 무시무시한 괴물인데 몸은 코끼리만큼 크고 다리는 나무처럼 길죠. 괴물은 그 긴 여덟 개의 다리로 숲 속을 기어 다니면서 다리 하나로 동물을 잡아 입으로 끌고 가서는, 거미가 파리를 먹는 것처럼 먹어 치웁니다. 이 끔찍한 생명체가 살아 있는 한 우리는 그 누구도 안전하지 않아요. 우리 스스로를 지킬 수 있는 방법을 찾기 위해 회의를 하고 있던 참에 당신이 오신 것입니다."

사자는 잠시 생각을 하더니 물었다.

"이 숲에 다른 사자가 있느냐?"

"없습니다. 몇 마리 있었는데 그 괴물이 모두 잡아먹어 버렸습니다. 더군다나 그 사자들은 당신만큼 크지도, 용감하지도 않았죠."

"만약 내가 너희들의 적을 처단해 준다면 나에게 머리를 숙이고 나를 숲의 왕으로 받들 테냐?"

사자가 물었다.

"기꺼이 그렇게 하겠습니다."

호랑이가 대답했다. 그러자 모든 짐승이 큰 소리로 외쳤다.

"그렇게 하겠습니다!"

"그 괴물은 지금 어디에 있느냐?"

사자가 물었다.

"저기 떡갈나무 사이에 있습니다."

호랑이가 앞발을 들어 가리켰다.

"내 친구들을 잘 보살피고 있어라. 나는 당장 가서 그 괴물과 담판을 벌이겠다."

사자는 친구들에게 작별을 고하고 적과의 싸움을 위해 당당하게 걸어갔다.

사자가 거미처럼 생긴 그 거대한 괴물을 발견했을 때 괴물은 누워서 자고 있었다. 어찌나 끔찍하게 생겼는지 사자는 역겨워서 얼굴을 돌리고 말았다. 거미의 다리는 호랑이가 말한 것만큼 길었고, 몸은 거친 털로 뒤덮여 있으며, 커다란 입에는 30센

티미터는 될 것 같은 날카로운 이가 한 줄로 늘어서 있었다. 그런데 땅딸막한 몸통에 머리를 잇고 있는 목은 개미허리처럼 가느다랬다. 이 모습을 본 사자는 괴물을 공격할 방법을 생각해 냈다. 사자는 상대가 깨어 있을 때보다 잠들어 있을 때 공격하는 것이 더 쉽다는 것을 알고 있었기 때문에 재빨리 괴물의 몸통 위로 펄쩍 뛰어내렸다. 그러고는 날카로운 발톱이 나 있는 무거운 앞발로 괴물의 머리를 한 대 쳤다. 그러자 괴물의 머리가 몸통에서 툭 떨어지고 말았다. 사자는 괴물의 몸에서 뛰어내린 후 긴 다리가 꿈틀거리지 않을 때까지 지켜보며 괴물이 죽은 것을 확인했다.

사자는 숲 속의 짐승들이 기다리고 있는 공터로 돌아가 자랑스럽게 말했다.

"이제 더 이상 두려워하지 않아도 된다."

그러자 짐승들은 사자를 왕으로 모신다는 뜻으로 머리를 조아렸다. 사자는 도로시가 캔자스로 안전하게 돌아가는 대로 다시 돌아와서 왕이 되겠다고 약속했다.

22. 쿼들링의 나라

도로시와 친구들은 숲을 안전하게 빠져나갔다. 어둑한 숲에서 나왔을 때 그들 앞에는 아래에서부터 꼭대기까지 온통 커다란 바위들로 뒤덮인 가파른 언덕이 있었다.

"오르기가 정말 힘들겠는걸. 그래도 우리는 저 언덕을 넘어야 해."

허수아비가 말했다.

허수아비가 앞장서고 나머지 친구들이 그 뒤를 따랐다. 그런데 첫 번째 바위에 거의 다다랐을 때 거친 목소리가 들려왔다.

"물러서!"

"넌 누구냐?"

허수아비가 물었다.

그러자 머리 하나가 바위 위로 올라오더니 같은 목소리로 말했다.

"이 언덕은 우리 거야. 그 누구도 넘어갈 수 없어."

"하지만 우리는 언덕을 넘어야 해. 쿼들링의 나라로 가는 길이거든."

허수아비가 말했다.

"그럴 수 없어!"

목소리가 대답했다. 그러더니 바위 뒤에서 누군가 걸어 나왔다. 도로시와 친구들은 지금껏 그렇게 이상한 사람을 본 적이 없었다.

키는 작고 땅딸했지만 머리가 크고 정수리 부분은 납작했다. 그리고 주름이 자글자글한 두꺼운 목이 머리를 받치고 있었다. 그런데 남자에게는 팔이 없었다. 허수아비는 그 모습을 보고 이 무력한 남자가 자신들이 언덕을 넘는 것을 막지는 못할 것 같다는 생각이 들었다.

"당신이 바라는 대로 해 주지 못해서 미안해. 우리는 당신이 싫든 좋든 이 언덕을 넘어야 하거든."

허수아비는 그렇게 말하고 용감하게 앞으로 걸어 나갔다.

그 순간 남자의 목이 앞으로 쭉 펴지면서 순식간에 머리가 앞으로 튀어나오더니, 납작한 정수리가 허수아비 몸의 정중앙을 들이받았다. 허수아비는 데굴데굴 언덕 아래로 굴러떨어지고 말았다. 머리는 다시 순식간에 몸으로 되돌아갔다. 남자가 거칠게 웃으며 말했다.

207

"생각만큼 쉽지 않을걸!"

그때 다른 바위들에서 거친 웃음소리가 합창처럼 들려왔다. 도로시가 돌아보니 모든 바위마다 하나씩, 수백 명의 팔 없는 망치 머리가 숨어 있었다.

허수아비의 불행을 비웃는 소리에 화가 난 사자가 큰 소리로 포효하며 언덕을 향해 달려갔다. 사자의 울음소리는 천둥처럼 메아리쳤다.

그러자 다시 그 머리는 재빨리 앞으로 튀어나왔고 이번에는 사자가 대포알에 맞기라도 한 듯 언덕을 데굴데굴 굴러 내려갔다.

도로시는 달려 내려가 허수아비를 일으켜 세워 주었다.

사자는 온몸이 멍들고 욱신거리며 아팠지만 도로시에게 다가와 말했다.

"튀어나오는 머리들과 싸워 봐야 아무 소용이 없어. 그 누구도 저들에게 맞서 싸울 수 없다고."

"그럼 어쩌지?"

도로시가 물었다.

"날개 달린 원숭이들을 부르자. 다시 한 번 더 그들을 부를 수 있잖아?"

양철 나무꾼이 제안했다.

"좋아."

도로시는 황금 모자를 쓰고 주문을 외웠다. 원숭이들은 이전처럼 즉각 나타나 도로시 앞에 섰다.

"명령을 내리십시오."

우두머리 원숭이가 고개 숙여 인사를 하며 말했다.

"우리를 언덕 넘어 퀴들링의 나라로 데리고 가 줘."

도로시가 말했다.

"그러겠습니다."

우두머리 원숭이의 말이 끝나자마자 날개 달린 원숭이들이 도로시와 친구들의 팔을 잡고 날아올랐다. 그들이 언덕을 날아 오르자 화가 난 망치 머리들이 소리를 질러 대며 머리를 공중으로 쏘아 올렸다. 하지만 날개 달린 원숭이들에게 닿지는 못했다. 원숭이들은 도로시와 친구들을 데리고 안전하게 언덕을 넘어 퀴들링들이 사는 아름다운 나라에 내려 주었다.

"이번이 우리를 부를 수 있는 마지막 기회였습니다. 행운을 빕니다. 안녕히 가십시오."

우두머리 원숭이가 도로시에게 말했다.

"잘 가. 정말 고마웠어."

도로시도 인사를 건넸다.

하늘로 날아오른 원숭이들은 눈 깜짝할 새 사라져 버렸다.

퀴들링의 나라는 풍요롭고 행복해 보였다. 연이어 펼쳐진 밭에는 곡식들이 익어 가고 있었고 그 사이로 잘 포장된 길이 뻗어 있었다. 아름답게 잔물결이 이는 시냇물 위로는 튼튼한 다리가 놓여 있었다. 윙키의 나라는 노란색으로, 먼치킨의 나라는 파란색으로 칠해져 있었던 것처럼 이곳의 울타리와 집과 다리는 모두 밝은 빨간색으로 칠해져 있었다. 키가 작고 토실토실하며 성격이 좋아 보이는 쿼들링들은 모두 빨간 옷을 입고 있었는데 초록 풀밭과 노랗게 익어 가는 곡식들에 대비되어 보였다.

원숭이들이 도로시와 친구들을 한 농가 근처에 내려 주었기 때문에 그 집으로 걸어가 문을 두드렸다. 농부의 아내가 문을 열어 주었다. 도로시가 먹을 것을 좀 달라고 하자 농부의 아내는 케이크가 세 종류, 쿠키가 네 종류나 되는 훌륭한 저녁상을 차려 주었고 토토를 위해서는 우유 한 그릇을 주었다.

"글린다의 성까지는 얼마나 머나요?"

도로시가 물었다.

"그리 멀지 않아. 남쪽으로 난 길을 따라가면 금방 다다를 수 있을 거야."

농부의 아내가 말했다.

도로시와 친구들은 착한 여인에게 감사의 인사를 하고 다시 길을 떠났다. 밭을 지나고 예쁜 다리를 건너 걷다 보니 그들 앞에 아름다운 성 하나가 나타났다. 성문 앞에는 아름다운 세 명의 소녀가 서 있었다. 그들은 금사로 땋은 장식이 있는 멋진 빨간 제복을 입고 있었다. 도로시가 가까이 다가가자 그들 중 한 소녀가 물었다.

"왜 남쪽 나라에 온 거죠?"

"이곳을 다스리는 착한 마녀를 만나러 왔어요. 우리를 착한 마녀에게 데려다 주겠어요?"

도로시가 물었다.

"당신들의 이름을 알려 주면 글린다에게 가서 당신들을 만나
시겠는지 물어볼게요."

도로시 일행이 각자 자신이 누구인지 말하자 소녀 병사는 성
으로 들어갔다. 잠시 후 돌아온 소녀 병사는 도로시와 친구들에
게 지금 바로 들어가도 된다고 알려 주었다.

23. 글린다, 도로시의 소원을 들어주다

글린다를 만나러 가기 전, 도로시와 친구들은 성의 어떤 방으로 안내되었다. 그곳에서 도로시는 세수를 하고 머리를 빗었고 사자는 갈기에서 먼지를 털어 냈다. 허수아비는 몸을 두드려 몸매를 가다듬었고 나무꾼은 양철을 닦고 이음매에 기름칠을 했다.

다들 남 앞에 나설 수 있을 만한 차림새가 되자 소녀 병사는 그들을 커다란 방으로 안내했다. 그곳에는 마녀 글린다가 루비로 된 왕좌에 앉아 있었다.

마녀는 아름답고 젊어 보였다. 아름다운 붉은색 머리는 어깨 위로 곱슬곱슬 흘러내리고 있었고 드레스는 눈부신 하얀색이었다. 두 눈은 파란색이었는데 도로시를 따뜻하게 바라보고 있었다.

"무엇을 도와줄까, 아가씨?"

마녀가 물었다.

도로시는 마녀에게 그동안 있었던 일들을 모두 이야기했다. 회오리바람을 타고 오즈의 나라로 오게 된 일이며, 친구들을 만나게 된 일, 그들이 만났던 놀라운 모험 이야기까지.

"지금 제 가장 큰 소원은요, 캔자스로 돌아가는 거예요. 제게 뭔가 끔찍한 일이 일어났다고 엠 숙모가 몹시 슬퍼하실 게 분명하거든요. 지난해보다 농사가 좋지 못하면 헨리 삼촌도 견디지 못할 거고요."

글린다는 몸을 앞으로 숙이며 사랑스러운 도로시의 예쁜 이마에 입을 맞추었다.

"너의 따뜻한 마음씨에 축복을. 내가 캔자스로 돌아가는 방법을 말해 줄 수 있을 것 같구나."

글린다는 덧붙여 말했다.

"그런데 내가 방법을 알려 주면 넌 그 황금 모자를 나에게 주어야 해."

그 말을 들은 도로시가 소리쳤다.

"그러고 말고요! 이 모자는 이제 제게는 소용없는 물건이거든요. 당신이 이 모자를 갖게 되면 날개 달린 원숭이에게 세 번 명령을 내릴 수 있어요."

"내 생각에도 날개 달린 원숭이의 도움이 딱 세 번 필요할 것 같은데."

글린다가 미소를 지으며 말했다.

도로시가 황금 모자를 주자 마녀가 허수아비에게 물었다.

"도로시가 떠나면 너는 뭘 할 거니?"

"전 에메랄드 도시로 돌아갈 거예요. 오즈가 저에게 그 도시를 다스리라고 했고 백성들도 저를 좋아하거든요. 딱 한 가지 걱정이 있다면 망치 머리들이 있는 언덕을 어떻게 넘어가냐 하는 거죠."

허수아비가 대답했다.

"황금 모자의 힘으로 날개 달린 원숭이들에게 너를 데리고 에메랄드 도시의 문까지 데리고 가라고 명령하마. 백성들에게서 이렇게 훌륭한 통치자를 빼앗아 가는 건 좀 안타까운 일이니까."

"제가 정말 훌륭한가요?"

허수아비가 물었다.

"넌 특별해."

글린다가 이번에는 양철 나무꾼을 향해 물었다.

"도로시가 이곳을 떠나면 넌 어떻게 할 거니?"

나무꾼은 도끼에 기대어 잠깐 동안 생각하더니 말했다.

"윙키들은 저에게 아주 친절하게 대해 주었어요. 사악한 마녀가 죽은 후에 제가 그들을 다스려 주기를 원했고요. 저도 윙키들이 아주 좋아요. 다시 서쪽 나라로 돌아갈 수만 있다면 영원히 윙키들을 다스리는 것보다 더 좋은 일은 없을 거예요."

"날개 달린 원숭이들에게 내가 내릴 두 번째 명령은 너를 윙키들의 나라로 안전하게 데리고 가라는 것이다. 너의 뇌는 보기에 허수아비의 뇌보다 그렇게 큰 것 같지는 않지만 넌 허수아비보다 훨씬 더 똑똑하구나. 윤을 잘 내어 놓으면 말이다. 그리고 넌 분명히 윙키들을 현명하고 훌륭하게 다스릴 수 있을 거야."

마녀가 이번에는 덩치 크고 털이 덥수룩한 사자를 보며 물었다.

"도로시가 집으로 돌아가 버리면 넌 어떻게 할 거니?"

"망치 머리들이 사는 언덕 너머에 크고 오래된 숲이 있어요. 그곳에 사는 모든 짐승들이 나를 왕으로 삼았어요. 그 숲으로 돌아갈 수만 있다면 난 여생을 그곳에서 행복하게 보낼 거예요."

사자가 대답했다.

"날개 달린 원숭이들에게 내가 내릴 세 번째 명령은 너를 그 숲으로 데려다 주라는 것이다. 그리고 황금 모자의 힘을 모두 써 버리고 나면 우두머리 원숭이에게 모자를 돌려주어 원숭이 무리들이 영원히 자유로울 수 있게 할 거야."

허수아비와 양철 나무꾼과 사자는 착한 마녀의 친절함에 진심으로 감사했다.

도로시가 소리쳤다.

"아름다운 모습만큼 마음도 착하시군요! 그런데 아직까지 제가 어떻게 캔자스로 돌아갈지는 말씀해 주지 않으셨어요."

"네가 신고 있는 은구두가 사막을 건너게 해 줄 것이다. 은구두의 힘을 알았더라면 넌 이곳에 온 첫날 엠 숙모에게 돌아갈 수 있었을 텐데."

"하지만 그러면 전 훌륭한 뇌를 갖지 못했을 거예요. 평생을 옥수수밭에서 보냈을지도 몰라요."

허수아비가 말했다.

"전 따뜻한 심장을 갖지 못했을 거예요. 이 세상이 끝날 때까지 숲 속에서 녹이 슨 채 서 있었을지도 모르죠."

양철 나무꾼이 말했다.

"저는 영원히 겁쟁이로 살았을 거예요. 숲 속에 있는 어떤 짐승도 나에게 좋은 말을 해 주지 않았을걸요."

사자가 딱 잘라 말했다.

"모두 맞는 말이에요. 이 친구들에게 도움이 되어서 전 기뻐요. 하지만 이제 각자 가장 간절하게 원하는 것들을 모두 얻었고 게다가 다스릴 왕국까지 생겨 행복하니 전 그만 캔자스로 돌아가고 싶어요."

도로시가 말했다.

"은구두에는 놀라운 힘이 있단다. 그중에서도 가장 놀라운 것은 단 세 걸음 만에 이 세상 어디로든 널 데려다 줄 수 있다는 거지. 모든 것은 눈 깜짝할 새 이루어질 거야. 넌 그냥 뒤꿈치를 세 번 부딪치고 은구두에게 네가 가고 싶은 곳으로 데려다 달라고 명령하기만 하면 돼."

"정말 그렇다면 은구두에게 당장 캔자스로 데려다 달라고 부탁할래요."

도로시가 기쁜 목소리로 말했다.

도로시는 두 팔로 사자의 목을 끌어안고 그 큰 머리를 부드럽게 토닥거리며 입을 맞추었다. 그리고 이음매가 위험해질 정도로 엉엉 울고 있는 양철 나무꾼에게도 입을 맞추었다. 허수아비에게는 그린 얼굴에 입을 맞추는 대신 지푸라기로 채워진 폭신한 몸을 두 팔로 꼭 안아 주었다. 도로시는 사랑하는 친구들과의 이별을 슬퍼하며 자기도 모르게 울고 있었다.

착한 마녀 글린다는 루비 왕좌에서 내려와 도로시에게 작별의 입맞춤을 해 주었고, 도로시는 자기와 친구들에게 친절을 베풀어 준 마녀에게 감사의 인사를 했다.

도로시는 진지한 표정으로 토토를 두 팔로 안고 마지막 작별 인사를 한 후 은구두의 뒤꿈치를 세 번 부딪치며 말했다.

"엠 숙모가 계신 집으로 나를 데리고 가 줘!"

* * * * * * * *

그 순간 도로시는 빙글빙글 공중으로 떠올랐다. 그 속도가 어찌나 빠른지 도로시가 느낄 수 있는 거라고는 획획 귓가를 스치는 바람뿐이었다.

은구두는 딱 세 걸음을 걷더니 갑자기 멈추었고 도로시는 자기가 어디에 와 있는지도 모른 채 풀밭 위에서 몇 번이고 데굴데굴 굴렀다.

마침내 구르기를 멈추고 일어나 앉게 된 도로시가 주위를 둘러보며 소리쳤다.

"어머나!"

도로시가 앉아 있는 곳은 캔자스의 드넓은 평원이었다. 그리고 바로 앞에는 회오리바람에 집이 날아가 버린 후 헨리 삼촌이 새로 지은 집이 서 있었다. 헨리 삼촌은 헛간 마당에서 소젖을 짜고 있었다. 토토가 도로시의 팔에서 뛰어내리더니 왈왈 짖어 대며 헛간으로 달려갔다.

자리에서 일어선 도로시는 자기가 양말만 신고 있다는 것을 알게 되었다. 은구두는 도로시가 날아오는 동안 사막으로 떨어져 영원히 찾을 수 없게 되어 버린 것이다.

24. 다시 집으로

양배추에 물을 주려고 막 집을 나서던 엠 숙모는 자신을 향해 달려오는 도로시를 보았다.

"이런, 우리 아가!"

엠 숙모는 두 팔로 도로시를 꼭 끌어안고는 온 얼굴에 입을 맞추었다.

"도대체 어디를 갔다 온 거니?"

도로시가 의젓한 목소리로 말했다.

"오즈의 나라에 다녀왔어요. 토토도 함께요. 아, 엠 숙모! 다시 집으로 돌아와서 정말 기뻐요!"

인간 근원을 향한 따뜻한 위로

우리가 흔히 『오즈의 마법사』라고 알고 있는 이 작품의 원제는 『The Wonderful Wizard of Oz』, 즉 『오즈의 놀라운 마법사』이다. 하지만 1903년 무대에 올랐던 뮤지컬과 1939년 상영된 영화에서 제목을 〈The Wizard of Oz〉로 바꾸면서 지금까지 독자들에게 『오즈의 마법사』라는 제목으로 훨씬 더 많이 알려지게 되었다.

『오즈의 마법사』는 주디 갈런드가 주연한 영화 덕분에 미국 대중문화 역사상 가장 인기 있는 작품의 반열에 오를 수 있었다. 특히 아카데미 상을 수상한 영화 주제가는 세기를 넘어 지금까지도 사랑받으며 여러 사람들에 의해 거듭 연주되고 있다. 그러나 아무리 좋은 영화에 좋은 주제가를 더했다 하더라도 훌륭한 원작의 뒷받침이 없었다면 이토록 오랫동안 사람들의 사랑을 받을 수 있었을까?

그리고 최근에는 『오즈의 마법사』 속 숨은 이야기를 다룬 『위키드』가 뮤지컬로 제작되었는데 이 작품 또한 호평 속에서 전 세계 관객들을 매혹시키고 있다. 이는 『위키드』의 밑거름이 된

〉〉〉

원작이 그만큼 훌륭하다는 방증일 것이다. 그럼 100년이 넘는 긴 세월 동안 전 세계 독자들의 사랑을 독차지한 이 작품의 매력이 무엇인지 살펴보도록 하자.

꿈꾸기 좋아하던 작가 L. 프랭크 바움

작가 L. 프랭크 바움은 1856년 5월 뉴욕에서 태어났다. 그는 부유한 석유 회사의 중역이었던 부친 벤저민 워드 바움의 일곱째 아이였는데 태어나면서부터 심장 질환을 앓아 몹시 소극적이고 수줍은 아이로 자랐다. 바움은 시러큐스 외각의 넓은 저택에서 바깥세상과 교류 없이 대부분의 시간을 상상 속 친구와 놀거나 책을 읽으며 보냈다. 주로 안데르센 동화나 그림 형제 동화를 읽었는데 그 동화 속에 등장하는 폭력성이나 잔혹성이나 슬픔은 싫어했다. 건강이 좋지 않았던 바움은 인생의 밝은 면만 보기에도 시간이 모자라다고 생각했던 것이다.

1868년 바움의 부모는 이런 몽상가 아들에게 현실 감각을 일깨워 주기 위해 픽스킬 군사 학교로 보낸다. 그러나 바움은 힘든 훈련과 체벌을 견디지 못하고 2년 만에 집으로 돌아온다. 집에서 개인 교습을 받으며 생활하는 동안 그는 또다시 책의 세계에 빠졌는데 특히 냉혹한 현실을 다룬 찰스 디킨스의 작품에 매료되었다.

　1873년 바움은 〈뉴욕 월드〉 신문사에서 수습기자 생활을 시작했다. 1875년에는 인쇄소 경영을 맡으면서 〈새 시대〉라는 신문을 창간하기도 한다. 아버지 벤저민 바움은 오페라 하우스와 극장 몇 개를 소유하고 있었는데 바움은 아버지와 함께 경영을 하면서 작가 겸 배우로 활동하기도 했다. 1882년 그의 첫 번째 작품인 코미디 뮤지컬 〈애런의 처녀〉가 성공을 거두자 바움은 보다 적극적으로 연극계에 뛰어든다. 하지만 세상 물정 모르는 바움에게 연극의 길은 호락호락하지 않았다. 순진한 바움은 여러 번 사기를 당하면서 경제적인 어려움에 처하게 되었다. 하지만 그때마다 자금과 인맥을 가진 아버지의 도움으로 위기에서 벗어날 수 있었다. 그러나 바움은 단순히 아버지의 도움에만 기대 철없이 일만 벌이는 사람이 아니었다. 여러 번의 난관에도 굴

>>>

하지 않고 정열적으로 기획하고 창작을 한 결과 1881년에는 꽤 성공한 사업가로 인정받을 수 있었다.

『오즈의 마법사』의 탄생

프랭크 바움이 『여성 참정권의 역사』, 『여성, 교회, 국가』를 펴낸 마틸다 게이지의 딸 모드 게이지를 만난 것도 1881년이었다. 서로 자라 온 환경이 판이하게 다른 바움과 모드 게이지는 서로의 빈자리를 보완해 주며 사랑을 키웠다. 어머니 덕에 사회를 냉정한 시각으로 바라볼 줄 알았던 모드와 이상향을 꿈꾸는 상상력이 풍부했던 바움, 하지만 그 둘은 일련의 사건을 겪으면서 추락하기 시작한다.

1884년 부실 경영과 화재로 인해 오페라 하우스 지분을 모두 잃은 바움은 아버지와 함께 작은 회사를 차리지만 이마저도 자리를 잡지 못한다. 아버지가 세상을 떠나던 1887년, 사업은 망하고 그동안 모았던 재산도 모두 탕진하고 만다.

그 무렵의 미국은 서부 개척 시대였다. 바움도 아내와 아들을 데리고 서부 사우스다코타로 이사해 잡화점을 개업했지만 농부들에게 외상으로 물건을 계속 주다 결국 문을 닫고 만다. 경제 불황이 극에 달했던 시절, 바움은 농부들이 자본가들에게 어떠한 착취를 당하는지 직접 목격하게 된다.

그 후 시카고로 거처를 옮긴 바움은 세일즈맨 생활을 하지만 건강이 악화되어 일을 그만둔다. 그 무렵 장모 마틸다 게이지는 바움이 아이들에게 들려주는 옛날이야기가 좋은 작품이 될 것 같다고 생각했다. 바움은 장모의 도움으로『산문으로 들려주는 마더 구스』(1897),『내 촛대의 불빛』(1898),『파더 구스』(1898)를 출간하여 성공을 거둔다.

그리고 1900년, 마침내『오즈의 마법사』가 세상의 빛을 보게 된다.『오즈의 마법사』는 출간 5개월 만에 9만 부가 팔리면서 바움에게 명성과 재정적 안정을 가져다주었다. 덕분에 바움은 생계를 위해 하고 있던 잡지〈쇼윈도〉의 편집자 일을 그만두고 집필과 연극에만 전념할 수 있었다.

그러다가 1904년부터『오즈의 마법사』의 속편을 쓰기 시작했는데, 사실 처음부터 바움이 〈오즈〉 시리즈를 의도한 것은 아니다. 1903년 뮤지컬 〈오즈의 마법사〉가 흥행에 성공하면서 오즈에 대한 대중의 관심도가 증폭되었다. 수천 명의 독자들이 편지로 〈오즈〉 시리즈의 플롯과 인물에 대해 제안을 해 온 것이다. 연극을 기획하면서 경제적 어려움에 시달렸던 바움에게는 자금마련을 위해 〈오즈〉 시리즈를 쓰는 일이 나쁘지 않은 선택이었다. 이렇게 안팎의 여러 가지 상황으로 인해 바움은 〈오즈〉 시리즈를 쓰게 되었고, 1919년 심장 질환이 악화되어 사망할 때까지 『오즈의 신기한 나라』(1904), 『오즈의 오즈마』(1907) 등 총 14편의 〈오즈〉 시리즈를 발표했다.

그런데 〈오즈〉 시리즈는 바움이 사망한 다음에도 계속되었다. 황금알을 낳는 거위를 포기할 수 없었던 출판사는 미망인과 협의하여 작가들을 고용하여 〈오즈〉 시리즈를 이어갔다. 바움이 아닌 고용 작가들에 의해 출간된 작품만도 40편이 넘었다.

화폐 제도를 비판한 풍자 소설? 작품에 대한 다양한 해석

바움의 『오즈의 마법사』는 루이스 캐럴의 『이상한 나라의 앨리스』의 영향을 많이 받았다. 그래서 바움은 『오즈의 마법사』가 『이상한 나라의 앨리스』처럼 독자들에게 교훈이나 메시지보다는 순수한 재미를 우선적으로 선사하는 작품이 되기를 바랐다. 그리고 이러한 의도는 머리말을 통해서도 명백히 밝히고 있다. 하지만 『오즈의 마법사』를 미국의 화폐 제도를 비판하기 위한 풍자 소설로 보는 시각이 있어 흥미롭다.

당시 미국의 화폐 제도는 금본위제도였다. 금본위제도란 중앙은행이 돈을 찍어 내는 양만큼 금을 보유하고 있어야 하는 제도이다. 통화에 대한 신뢰가 확보되지 않았던 시대였기 때문이다. 그런데 작품이 발표된 당시의 미국은 금의 양이 부족해 필요한 만큼의 돈을 찍어 낼 수 없었고 이로 인해 경제가 위축되면서 서민의 삶이 고통의 나락으로 빠져들었다. 그런데 『오즈의 마법사』가 이러한 금본위제의 현실을 비판하고 있다는 것이다. 이러한 주장을 하는 사람들은 작품 속 인물과 장치들이 각각 상징하

》》

고 있는 의미가 있다고 본다.

　도로시는 미국의 전통적인 가치를 지닌 사람을, 허수아비는 헐벗은 농민을, 양철 나무꾼은 공장에서 인간성이 거세된 노동자를, 겁쟁이 사자는 힘없는 민주당의 정치가 윌리엄 제닝스 브라이언을 상징한다고 해석했다. 그리고 오즈(OZ)는 온스(ounce), 즉 금을 잴 때 사용하는 도량형 단위를 뜻하며 도로시가 걸어간 노란 벽돌길은 금, 즉 금본위제를 상징한다는 것이다(바움이 사용하던 캐비닛 파일이 A~N, O~Z로 분류되어 있었는데 그것을 보고 'OZ'를 착안해 냈다는 의견도 있다.). 도로시 일행은 이 금본위제 위에서 에메랄드 도시로 향하는 것이다.

　그럼 에메랄드 도시는 무엇을 상징하는 것일까? 미국의 달러 지폐를 일컫는 속어로 'greenback'이라는 단어가 있는데, 지폐의 뒷면이 초록색이기 때문이다. 그러므로 모든 것이 초록색으로 보이는 에메랄드 도시는 돈을 의미하는 것이다.

　여기서 해결의 열쇠였던 은구두가 무엇을 상징하는 것인지도 쉽게 유추할 수 있다(영화에서는 선명한 색깔로 나타내기 위해 빨간 루비 신발을 신은 것으로 설정했지만 원작에서는 분명 은구두다.). 바로 금본위제를 대신할 은을 상징하는 것이다. 금본위제만을 고집하지 말고 금은본위제를 통해 화폐 공급을 늘려 서민들을 경제 파탄의 나락으로부터 구해 내자는 것이다. 그래서 미국인으로 상징되는 도로시를 다시 행복하게 만들어 준 것도 은구두인 것이다.

그럼 실제 역사는 어땠을까? 실제 미국에서는 금본위제와 금은본위제를 두고 논란이 있었다. 부유한 북동부 지역에서는 금본위제를 지지했고 가난한 남서 지역에서는 금은본위제를 지지했다. 이 두 제도를 두고 공화당과 민주당은 치열한 논쟁을 벌였으나 결국 공화당이 선거에서 승리함으로써 금본위제가 살아남게 되었다. 그리고 미국은 제1차 세계 대전이 일어나기 직전까지 금본위제를 기반으로 자본주의 최대 황금기를 누릴 수 있었다.

한편 『오즈의 마법사』를 다룬 논문 중 가장 통찰력 있는 연구로 손꼽히는 논문인 『오즈의 마법사 : 인민주의에 대한 우화』를

>>>

쓴 리틀필드는 조금 다른 각도로 작품을 보고 있는데 리틀필드 역시 이 작품을 알레고리로 해석했다. 농부를 상징하는 허수아비, 노동자를 상징하는 양철 나무꾼, 정치가를 상징하는 사자는 도로시가 상징하는 순진하고 착한 마음의 보호를 받으며 국가 권력 소유자를 의미하는 마법사를 찾아가 개인적 소망을 이루어 달라고 청하지만, 결국 자신의 소망은 스스로 이루어야 한다는 깨달음을 얻게 된다는 것이다. 그리고 리틀필드는 작품 속에 사우스다코타의 농부들이 처한 비참한 상황과 1890년대의 불황, 스페인과의 전쟁, 바움의 민주적 인민주의 등이 반영되어 있다고 했다. 미국의 혼란스러운 상황을 반영하고 있는 작품 속에서 바움은 성공을 향한 미국의 욕망이 환상에 불과하다는 것을 보여 준다는 것이다.

　동화 이론의 세계적인 권위자인 잭 자이프스는 미국의 현실을 우려한 바움이 『오즈의 마법사』를 통해 유토피아를 그려 보려 했다고 의견을 내놓았다. 사우스다코타와 시카고의 현실에 놀란 바움이 경쟁과 성공에 근거한 미국의 문명화 과정을 전복

하려 했다는 것이다.

회색빛 풍경은 미국을 상징하며 도로시는 미국인을 의미한다. 오즈를 여행하는 동안 도로시는 사회에서 낙오된 여러 유형의 인물, 즉 허수아비와 양철 나무꾼과 사자 등에게 연민을 보여 준다. 바움은 유럽의 전통 동화처럼 여성이 다양한 유형의 인물을 한데 모은다는 관습적 형식을 차용했지만, 사실은 이런 낙오자들에게 상당한 능력이 있다는 것을 보여 주려는 도구로 활용했을 뿐이다. 대부분의 사람들에게는 지시자나 절대자의 도움 없이도 스스로의 일을 처리할 수 있을 만큼 능력이 존재하므로 그 능력을 일깨워 주기만 하면 된다는 것이다. 『오즈의 마법사』 속 인물들은 서로 경쟁하거나 착취하지 않으며 성공을 원하지도 않는다. 그들은 모두 서로의 차이를 존중하며 자기 삶의 빈 곳을 채울 기회를 찾아 나선다.

『오즈의 마법사』, 그 후 100년

『오즈의 마법사』는 수많은 환상 문학과 영화에 영감을 주었다. 전 세계 수많은 언어로 번역되어 출간되었을 뿐 아니라 각 나라에서 다양한 내용으로 변형되기도 했다. 예를 들어 인도 판본에서는 양철 나무꾼 대신 뱀이 등장하기도 하고, 러시아 판본에서는 엘리와 애완견 토토스카가 마법의 나라를 여행하는 내용으로 바뀌었다. 하지만 1939년에 제작된 영화가 텔레비전으로 방영된 덕분에 원작의 명성은 어느 나라에서도 변함이 없다.

1995년 그레고리 머과이어는 『오즈의 마법사』의 숨은 이야기를 다룬 『위키드』를 출간했다. 그리고 이 작품을 원작으로 한 뮤지컬 〈위키드〉는 2003년 초연 이래 9년 동안 주간 박스오피스 상위권에서 벗어나지 않으며 전 세계 관객들의 사랑을 받고 있다. 이는 바로 관객들이 『오즈의 마법사』를 비틀어 보는 재미에 매료된 것이다.

그러나 『오즈의 마법사』가 상찬만 들었던 것은 아니다. 문학적 가치가 없다고 폄하하는 비평가들도 있다. 하지만 비평가들이 어떤 평가를 하든, 작품이 실제로 현실과 사회를 풍자했든 아니든, 중요한 것은 독자들이 한 세기가 넘는 긴 세월 동안 변함 없이 이 작품을 사랑했다는 점이다. 수많은 사람들이 아직도 작품을 찾고 있다는 사실은 세월을 관통하고 공간을 뛰어넘는 공통의 미덕이 있기 때문일 것이다.

회오리바람을 타고 미지의 세상으로 날아간 도로시는 긴 여행을 하는 동안 친구들이 원하는 것을 얻도록 도와주고 결국 자신도 무사히 고향 집으로 돌아간다. 그런데 친구들이 얻은 것은 사실 특별한 것이 아니었으며, 도로시가 집으로 돌아갈 수 있었던 것도 여행하는 동안 내내 신고 다녔던 은구두 덕이다. 특별하고 놀라운 해결책이 아니었다.

나는 이 작품을 읽으면서 벨기에의 동화극 〈파랑새〉를 떠올렸다. 우리가 간절하게 찾는 것은 언제나 우리 가까이에 있다는 〈파랑새〉의 철학과 『오즈의 마법사』가 전하는 메시지가 어느 부분에서 서로 통하지 않을까? 그러고 보니 작품의 연대도 비슷하다. 『오즈의 마법사』는 1900년에 발표되었고 〈파랑새〉가 초연된 것은 1908년이다. 두 작품 모두 새로운 세기의 시작과 함께

>>>

발표된 작품인 것이다.

산업화를 거쳐 하루가 다르게 발전하는 세상을 바라보는 사람들의 마음에는 놀랍고 경이로운 감정이 가득했을 것이다. 그와 동시에 변해 가는 세상을 따라잡고 싶어 바쁘고 조급했을 것이다. 그러나 시간이 흐르면서 사람들은 새로운 것에 대한 경이와 열망으로 가득한 자신의 모습 속에서 정작 중요한 것을 잃고 있다는 사실을 깨달았을 것이다. 사람들의 그런 마음을 위로한 것이 바로 『오즈의 마법사』나 〈파랑새〉와 같은 작품이었다. 치르치르와 미치르가 그렇게 열심히 찾았던 파랑새는 정작 그들의 집 새장 안에 있었고, 도로시는 미지의 세상에서 온갖 모험을 했지만 결국 황량한 캔자스의 집으로 돌아와 숙모의 품에 안겼을 때 가장 큰 행복을 느끼지 않았던가? 사람들의 황량한 마음을 어루만져 줄 참으로 따뜻한 결말이었다.

20세기를 거쳐 21세기에 이른 지금에도 사람들은 더 빠른 속도로 변해 가는 세상을 따라가느라 바쁘다. 우리는 그 속도를 따라잡지 못하면 '루저, 낙오자'로 낙인찍힌다는 조바심 속에 근근

234

이 살아가고 있다. 그래서 우리에게는 『오즈의 마법사』와 같은 고전이 주는 위안이 필요한 것인지도 모른다. '무지개 너머 그곳'에 어렴풋한 동경을 품고 있지만 내가 날아가야 할 진정한 목적지는 내 고향, 나의 집이라는 것을 되뇌며 말이다. 내 가족이 기다리는 따뜻한 집이야말로 나의 근원이며 힘든 세상을 살아갈 수 있는 힘의 원천이기 때문이다.

– 옮긴이 최지현

《L. 프랭크 바움 연보》

1856년 5월 15일 미국 뉴욕에서 아버지 벤저민 워드 바움과 신시아 앤 사이에서 일곱째로 태어남. 태어나면서부터 심장 질환을 앓았음. 석유 회사의 중역이었던 아버지 덕분에 부유한 어린 시절을 보냄.

1869년 어린 시절 소극적이고 수줍음이 많았던 바움을 걱정한 부모는 그를 픽스킬 육군 사관 학교에 입학시킴. 힘든 훈련과 체벌, 경직된 생활 환경에 적응하지 못함.

1871년 육군 사관 학교를 중퇴하고 집으로 돌아와 개인 교습을 받음.

1873년 〈뉴욕 월드〉 신문사에서 수습기자 생활을 시작함.

1875년 인쇄소 경영을 맡으면서 〈새 시대〉라는 신문을 창간함.

1876년 당시 국가적으로 장려하던 양계업을 시작함.

1880년 뉴욕에서 연극 공부를 시작함.

1882년 11월 9일 모드 게이지와 결혼함. 그녀의 어머니, 바움의 장모는 당시 미국에서 가장 유명한 여성 운동가 중 한 사람이었던 마틸다 조슬린 게이지였음.

1886년 자신의 첫 책이자 함부르크 품종의 닭을 키우는 입문서 『함부르크 양계법』을 출간함.

1888년 가세가 기울어 애버딘으로 이사하여 상점을 운영했으나 파산함.

1891년 운영하던 신문사가 망함. 가족과 함께 미국 시카고로 이사함.

아이들에게 이야기를 들려주던 바움의 모습을 유심히 지켜보던 장모의 권유로 글을 쓰기 시작함.

1897년 단편동화집 『산문으로 들려주는 마더 구스』 출간. 이 책이 상업적으로 성공을 거두어 방문 판매 영업 사원을 그만둘 수 있었음.

1899년 W.W.덴슬로우와 처음 만남. 둘이 함께 작업한 단편동화집 『파더 구스』를 출간함. 이 책은 올해의 베스트셀러로 뽑힐 정도로 큰 성공을 거둠.

1900년 덴슬로우와 함께 작업한 두 번째 작품 『오즈의 마법사』를 출간함. 평단과 독자들로부터 작품성과 흥행성을 동시에 갖춘 작품으로 평가받으며 크게 성공함.

1901년 『오즈의 마법사』 출간 이후 덴슬로우와의 관계가 흔들리기 시작함. 바움과 덴슬로우가 함께 작업한 장편동화 『메릴랜드의 도트와 토트』가 출간되지만 이 작품을 끝으로 결별함.

1902년 시카고에서 뮤지컬 〈오즈의 마법사〉가 초연됨. 뮤지컬로 각색된 『오즈의 마법사』는 원작과 달리 성인 관객들을 대상으로 했기 때문에 도로시가 날씬한 아가씨로 설정이 바뀌는 등 변화가 있었음.

1903년 뮤지컬 〈오즈의 마법사〉가 흥행에 큰 성공을 거두면서 뉴욕 브로드웨이에서도 공연함.

1904년 수많은 독자들의 열화와 같은 요청으로 『오즈의 마법사』의 후속 작 『오즈의 신기한 나라』를 출간함. 바움은 〈오즈〉 시리즈가 이어지는 것을 바라지 않았지만 계속되는 독자들의 성원과 개인적인 사업 실패가 반복되면서 14편의 〈오즈〉 시리즈를 출간하게 됨. 결별한 덴슬로우 대신 새로운 화가 존 R. 닐이 후속작에 삽화를 그림. 이후 바움의 생전에 출간된 〈오즈〉 시리즈에는 모두 닐이 삽화를 그림. 하지만 바움은 닐의 그림을 흡족해 하지 않았음.

1905년 바움이 〈오즈〉 테마파크를 건설하겠다는 계획을 발표함. 그러나 적절한 부지를 마련하지 못하고 재정적인 확보도 이루어지지 않음. 결국 계획을 백지화함.

1907년 〈오즈〉 시리즈의 세 번째 책, 『오즈의 오즈마』 출간.

1908년 〈오즈〉 시리즈의 네 번째 책, 『도로시와 오즈의 마법사』 출간.

1909년 〈오즈〉 시리즈의 다섯 번째 책, 『오즈로 가는 길』 출간.

1910년 바움이 미국 캘리포니아 주 할리우드로 이사함. 〈오즈〉 시리즈의 여섯 번째 책, 『오즈의 에메랄드 도시』 출간.

1913년 〈오즈〉 시리즈의 일곱 번째 책, 『오즈의 누더기 소녀』 출간. '오즈' 와 관련된 여섯 편의 짧은 이야기를 모은 단편집 『오즈의 신비한 이야기들』 출간.

1914년 〈오즈〉 시리즈의 여덟 번째 책, 『오즈의 틱톡』 출간. '오즈 필름' 이라는 이름의 영화사를 설립하여 사장, 제작자, 시나리오 작가로 활약함. 여러 편의 무성 영화를 제작했지만 흥행에 실패하면서 파산함.

1915년 〈오즈〉 시리즈의 아홉 번째 책, 『오즈의 허수아비』 출간.

1916년 〈오즈〉 시리즈의 열 번째 책, 『오즈의 링크팅크』 출간.

1917년 〈오즈〉 시리즈의 열한 번째 책, 『오즈의 잃어버린 공주』 출간.

1918년 〈오즈〉 시리즈의 열두 번째 책, 『오즈의 양철 나무꾼』 출간.

1919년 〈오즈〉 시리즈의 열세 번째 책, 『오즈의 마법』 출간.

5월 5일 할리우드에 위치-한 한 병원에서 세상을 떠남. 바움의 사망 이후에도 〈오즈〉 시리즈를 바라는 독자들의 편지가 출판사로 쇄도함. 결국 미망인과 출판사과 논의하여 다른 작가를 고용하여 후속작을 출간함. 바움 사후 〈오즈〉 시리즈는 6명의 작가가 26편을 더 이어감.

1920년 바움이 생전에 집필했으나 출간을 보지 못했던 〈오즈〉 시리즈의 열네 번째 책, 『오즈의 글린다』 출간.

L. 프랭크 바움 1856년 미국 뉴욕에서 태어났다. 성인이 되어 배우, 극작가, 극장 경영자, 신문 기자, 영업 사원, 양계장 주인 등 여러 직업을 거쳤다. 1900년에 출간한 『오즈의 마법사』가 비평가와 독자 모두에게 큰 사랑을 받았으며 1903년 브로드웨이에서 뮤지컬로 각색되어 공연되었고 크게 흥행했다. 이후 바움은 수많은 독자들의 요청으로 후속작을 쓰기 시작했고, 1919년 세상을 떠날 때까지 14편의 〈오즈〉 시리즈를 발표했다.

W.W. 덴슬로우 1856년 미국 필라델피아에서 태어나 뉴욕 국립 디자인 학교에서 그림을 공부했다. 그의 그림은 동양화로부터 큰 영향을 받았으며 1890년대부터 여러 잡지와 신문에 삽화를 그려 명성을 쌓았다. 초판에 삽화를 그린 『오즈의 마법사』가 큰 성공을 거두자 버뮤다 제도에 위치한 작은 섬을 사 그곳에서 지내며 계속 그림을 그렸다. 1915년 세상을 떠났다.

최지현 1972년 부산에서 태어났으며, 부산대학교에서 국어국문학을 전공했다. 2005년 '푸른문학상'을 받으며 작품 활동을 시작했고, 현재 아동청소년문학 전문 번역가로도 활동하고 있다. 그동안 옮긴 책으로는 『니임의 비밀』, 『내 이름은 라크 슈미입니다』, 『그 소년은 열네 살이었다』, 『안네의 일기』, 『시간 밖으로 달리다』, 『빨간 머리 앤』, 『플랜더스의 개』, 『오즈의 마법사』 등이 있다.